**참깨와 백합
그리고 독서에
관하여**

Sesame and lilies;

Sur la lecture

KB022348

존 러스킨
마르셀 프루스트
유정화, 이봉지 옮김

참깨와 백합
그리고 독서에 관하여

Sesame and lilies ; Sur la lecture

일러두기

존 러스킨의 두 글,「참깨: 왕들의 보물」과「백합: 여왕들의 화원」은 유정화가,
마르셀 프루스트의「독서에 관하여」는 이봉지가 옮겼다. 프루스트의 이 글은
러스킨의 앞선 두 글을 프랑스어로 옮기면서 붙인 역자 서문이기도 하다.
별도의 표기가 없는 각주는 우리말 옮긴이가 붙인 것이다.

차례

존 러스킨(1870)

오토 베게너가 촬영한
마르셀 프루스트(1895)

목필 스케치 위에 채색한 존 러스킨의 자화상(1861)

존 러스킨은 19세기 영국의 대표적인 지성인으로서 예술 비평의 틀을 마련하고 사회 개혁에 있어 선구적 역할을 했다. 예술 비평가와 사회 사상가로서 많은 저술을 남겼을 뿐 아니라 직접 작품 활동을 하고 사재를 들여 사회 개혁 실현에도 앞장선 인물이다. 이상적 사회 건설의 일환으로 성 조지 길드 (The Guild of St. George)를 조직하고, 많은 사람들이 지식을 공유할 수 있는 박물관과 노동자를 위한 야학교 등을 설립했다. 대중의 교양 육성에 지대한 관심을 가진 대중 강연자, 노동자와 여성의 교육에 앞선 교육 개혁가, 그리고 자연과 문화유산의 보존 가치를 주장한 환경 보호 운동가로도 알려져 있는 러스킨은 시대의 제한을 뛰어넘는 이상적인 비전을 제시했다. 복지 국가, 자유 학교 제도, 도서관 보급, 국민 신탁 등 그의 냉철한 머리와 뜨거운 가슴에서 나온 사회 개혁론들은 20세기에 이르러 실현되기 시작했다. 러스킨의 저술과 사상은 작가, 화가, 사회 개혁자 등을 포함하여 당대와 후대의 수많은 위대한 인물들에게 큰 영향을 미쳤다. 톨스토이는 러스킨을 전 세계와 모든 시대를 망라하여 가장 뛰어난 인물, 즉 가슴으로 사고하는 존귀한 인물이라고 극찬하였다. 세계적 건축가인 가우디 역시 건축에 대한 러스킨의 견해에 깊은 영감을 받았다. 인도의 민족 지도자인 간디는 러스킨의 경제 사상에 깊은 감동을 받아 인도에서 그 사상과 원리를 실천했고 러스킨의 저서를 번역하기도 했다. 러스킨의 사회 개혁 사상은 영국 노동당을 탄생시켰으며 사회 개혁자인 윌리엄 모리스에게 직접적인 영향을 끼쳤다.

러스킨은 성공한 상인인 존 제임스 러스킨(1785~1864)과 복음주의적 신앙인인 어머니 마거릿 콕스(1781~1871)의 외아들로 태어나 어려서부터 남다른 교육을 받으며 자랐고, 집에는 언제든 읽고 감상할 수 있는 책과 그림이 가득했다. 부모와 함께 영국 전역과 유럽을 두루 여행했는데, 러스킨은 알프스 산맥과 이탈리아의 베니스를 특히 좋아했고 자연은 물론 건축물과 회화 작품 등 현지에서 보고 느낀 것들에서 많은 영감을 받았다. 부친은 러스킨이 다양한 문학 작품을 접하도록 인도하고 특히 영국 낭만주의 작가인 워즈워스와 바이런, 그리고 셰익스피어와 월터 스콧의 작품을 읽혔다. 부친의 문학적 열정과 교육은 러스킨의 낭만주의를 형성하는 데 일조했다. 절제된 복음주의 신앙인이었던 어머니는 기독교 신앙을 전수해 주었고 성경 구절을 암송시켰다. 성경 언어와 심상, 성경의 가르침은 후에 러스킨의 사상적 토대를 이루었다. 어린 시절 러스킨의 내면에 깊이 뿌리내린 낭만주의와 기독교적 인문주의는 이후 러스킨 세계의 두 기둥이 되었다.

낭만적 기질은 무엇보다도 그의 작품과 예술론에 스며 있는 자연에 대한 존중과 애정에서 드러나고 산업 혁명과 근대

화로 분화된 영국의 사회 구조를 개탄하며 인간의 기능 통합, 즉 머리와 가슴과 노동의 통합을 부르짖었던 그의 정치 경제 사회론 전반에서 두드러진다. 성경에 기반을 둔 인문주의는 생명의 존중과 개인에 대한 긍휼과 관심이 그의 모든 개혁 사상의 근본을 이루고 있다는 점에서 확인할 수 있다. 러스킨을 가슴으로 사고하는 지성인이라고 했던 톨스토이의 평가는 너무도 적확하다.

러스킨의 대표적 저서 중 몇 가지만 언급한다면 예술 비평서인 『근대 화가론』(1860)과 『베네치아의 돌』(1853), 고딕 건축 양식의 부흥을 다룬 『건축의 일곱 등불』(1849), 경제학 저술인 『나중에 온 이 사람에게도』(1862), 대중 강연집인 『참깨와 백합』 및 『야생 올리브나무로 만든 왕관』(1866), 그리고 자서전인 『프레이테리타』(1889)다.

십칠 년에 걸쳐 모두 다섯 권으로 내놓은 『근대 화가론』은 터너에 대한 애정과 존경 위에 러스킨의 예술론이 더해진 책이다. 1840년부터 이 년간의 유럽 여행 중 영국의 수채화가 터너에게 매료당한 러스킨은 당시 비평가들로부터 혹평받던 터너를 옹호하는 글을 쓸 계획을 세운다. 그 결실이 『근대 화가론』으로 그의 나이 24세 때(1843) 1권을 발표했다. 러스킨은 당대의 정돈된 화풍 및 규칙과 관습에 묶인 회화 전통을 반대하고, 자연을 직접 관찰하고 보고 느낀 바를 진실하게 그려낸 터너의 풍경화의 우수성을 밝혔다. 이는 라파엘 이후의 매너리즘을 거부하고 라파엘 이전으로 돌아가 자연의 진실을 탐구하자는 라파엘전파(Pre-Raphaelites)의 결성에 영향을 줬다. 러스킨은 평생 라파엘전파와 터너를 옹호했다.

러스킨의 인생 전반이 예술에 헌신한 삶이었다면 후반은

사회 비평에 집중한 시기였다. 날카로운 관찰력과 섬세한 감수성으로 러스킨은 극소수에게 집중된 사회적 권리, 다수의 빈곤, 비좁은 주거 환경, 열악한 위생, 아동 노동 착취, 자연 파괴 등 산업화된 빅토리아 영국의 황폐한 현실을 목격하고 잔인한 경제론과 도덕 부패가 그 원인임을 꿰뚫어 보았다. 네 개 논문으로 구성된 경제서 『나중에 온 이 사람에게도』에서 그는 산업 자본주의를 비난하고 스미스, 맬서스에서 밀로 이어지는 경쟁과 자유방임주의에 근거한 경제론과 노동 분업의 비인간성을 비난했다. 대안으로 러스킨은 사회적 보살핌과 긍휼 그리고 희생이야말로 참된 경제학의 속성이라 주장하고 사회적 정의를 구현하는 정치야말로 모든 사회와 경제를 지킬 힘이 된다고 설파했다. 그의 논리는 사회적 경제, 협동 조합과 NGO 탄생의 근거를 마련했다.

1860년대 러스킨은 영국 전역을 다니며 중상 계층을 대상으로 근대 예술, 노동, 전쟁, 교육 등 다양한 주제로 대중 강연을 하고 이를 모아 책으로 출판했다. 『참깨와 백합』은 1864년의 두 차례 강연을 묶은 강연집이다. 참깨 부분에 해당하는 「참깨: 왕들의 보물」은 도서관 건립 기금 조성을 위한 강연으로서 독서 관행의 문제, 진정한 책의 영원한 가치와 특징, 바람직한 독서법과 그 효용, 교육의 목적을 다룬다. 백합 부분에 해당하는 「백합: 여왕들의 화원」은 학교 설립 기금 후원 강연으로서 여성이 교육받을 권리와 바람직한 교육과 의무, 그리고 가정과 사회에서의 역할을 다룬다. 진정한 교육과 그 목적이 무엇인가에 대한 러스킨의 가르침은 모든 사람들과 함께 나누고 싶은 지혜다. 러스킨의 말을 빌리자면, 교육은 경쟁에서 이겨 남들보다 나은 소유와 지위를 누리는 출세 준비 과정이 아니라 진정한 책을 통해 최고의 지혜를 얻으면서 "가슴은 점점 더 부드러워지고 피는 뜨거워지고 머리는 명민해지며 생명을 풍성하게 하는 평강의 정신"을 얻음으로써 관대해지는 것이다. 이야말로 진정한 출세라는 그의 주장은 교육에 대한 여러 담론으로 소리 높이지만 교육의 본질을 놓치고 있는 우리 사회가 반드시 돌아보아야 할 지점이다.

출판 이후부터 줄곧 고전의 지위를 누리던 『참깨와 백합』은 20세기 중반부터 시대적 가치에 부합하지 않는다는 이유, 특히 여성의 영역을 집안으로 제한하는 시대적 여성관의 한계를 이유로 비난을 받았다. 그러나 러스킨이 제시한 여성관의 본질은 여성의 섬세한 감각과 지혜에 자연 친화적인 활동과 신체 교육이 포함된 바른 교육의 힘이 더해졌을 때 여성이 조화롭고 균형 있는 세상을 만드는 구원의 힘이 되리란 주장에 있다. 『참깨와 백합』에서 러스킨이 다루는 교육과 독서의 문제는 시대를 넘어서는 보편적이고 근본적인 문제이며 오늘날 우리 사회가 반드시 재정립할 필요가 있는 영역이다.

한편 역사적인 지성인을 대중 강연이라는 비교적 어렵지 않은 방식으로 접할 수 있다는 점에서 『참깨와 백합』은 독특한 가치를 지닌 책이기에, 기꺼운 마음으로 번역 작업에 임했으며, 여러 번 정독하는 과정에서 전혀 지루하지 않게 의미를 살필 수 있었다. 초기 예술론이나 중기 경제론의 필체와는 달리 명쾌한 문체로 러스킨을 대중 문인의 반열에 올려놓은 작품이기에 내심 안심을 하고 책을 들었는데 소홀한 판단이었음을 첫 페이지에서 깨달았다. 끝까지 녹녹지 않은 문장은 끝없는 도전이었고 직역하고자 했던 처음의 의도를 일찌감치 접었다. 러스킨의 문체를 살리는 작업보다는 그 내용을 명확하게 전달하는 것이 이 책의 의의를 제대로 살리는 길이라 판단한 까닭이다. 번역하는 내내 바른 가르침을 받는 행복감으로 충일했고 저자의 탄탄한 지성과 면밀한 논리는 생명을 살리는 먹거리가 차려진 소박하나 소중한 밥상과 같았다. 가능하면 많은 이들이 이 행복을 맛보길 바란다.

2018년 12월
유정화

「독서에 관하여」는 『참깨와 백합』을 직접 프랑스어로 번역하여 그 판본에 붙인 마르셀 프루스트의 역자 서문이다. 프랑스 소설의 걸작인 『잃어버린 시간을 찾아서』의 작가로 잘 알려진 마르셀 프루스트는 1871년 부유한 프랑스 부르주아 가정에서 태어났다. 어릴 때부터 천식을 앓아 쇠약했던 그는 1895년 소르본에서 문학사 학위를 받은 후, 특별한 직업을 갖지 않고 사교계에 드나들며 짧은 글들을 발표했다. 1896년 이런 글들을 모아 『즐거움과 나날』이란 산문집을 출판하였으나 문단의 반응은 시원치 않았다.

마르셀 프루스트가 존 러스킨을 처음으로 언급한 것은 1899년이다. 그는 런던에 살던 친구의 소개로 러스킨을 알게 된 후 열광적인 반응을 보였다. 그러나 러스킨에 대한 프루스트의 이해는 간접적인 것이었다. 러스킨은 생전에 자기 작품을 번역하지 못하도록 금했고, 영어가 서툴렀던 프루스트가 러스킨의 작품을 직접 읽지 못하고 다른 사람들의 논문 등을 통하여 접했던 까닭이다. 1900년 러스킨이 사망하자 프루스트는 그의 작품을 프랑스어로 번역하기로 결심하고 '러스 킨 순례'를 떠났다. 『아미앵의 성서』 번역을 위해 프랑스 동북 부의 아미앵 대성당을 답사하고, 그해 5월에는 어머니와 함께 베니스를, 1902년에는 러스킨의 발자취를 따라 벨기에와 네 덜란드를 여행했다.

프루스트의 부모는 아들의 번역 작업을 적극적으로 지지 했다. 유명 의사였던 아버지는 문학청년 생활로 여일하던 아 들이 영국 사상가 연구를 통해 진지한 경력을 쌓기를 기대하 여 정신적, 물질적 지원을 아끼지 않았고, 어머니는 영어가 유 창하지 못한 아들을 위해 러스킨의 책을 프랑스어로 직역하 여 아들에게 제공했다. 마르셀 프루스트는 이 초벌 번역을 유 려한 프랑스어로 바꾸었을 뿐 아니라 많은 주석과 논평을 더 하여 전혀 새로운 작품으로 탈바꿈시켰다. 이런 과정을 거쳐 1906년 「독서에 관하여」라는 긴 역자 서문이 첨부된 『참깨와 백합』이 출판되었다.

「독서에 관하여」는 크게 두 부분으로 나누어져 있는데 앞 부분은 번역자인 프루스트 자신의 어린 시절 독서, 뒷부분은 일반적인 역자 서문에 해당하는 것, 즉 러스킨 저서에 대한 소 개와 비평이다. 원작자에 대한 소개에 앞서 번역자 자신의 개 인적 독서 경험이 먼저 제시되는 다소 파격적인 서문 형식은 그 자체로서 러스킨의 독서관에 대한 반박이다. 러스킨은 독 서가 "저자들, 즉 지난 시대 최고의 교양인들과 나누는 대화" 를 통해 지혜와 교훈을 주기 때문에 "우리 정신적 삶에 있어 지배적인 역할"을 한다고 보았다. 프루스트는 이러한 러스킨 의 주장을 비판하며 "독서의 역할이란 우리를 딱 문턱까지만 인도해 주는 것"이며 따라서 결코 답이 거저 주어지지 않는다며, 독서의 유용성을 평가 절하했다.

그렇다면 프루스트에게 있어 독서의 의미는 무엇일까? 그것은 한마디로 말하여 유용성보다는 개인적 의미에 있다. 프루스트는 거두절미하고 독자를 자신의 개인적 독서 경험 속으로 인도함으로써 독자들 역시 "구불구불한 꽃길을 걷는 사람처럼 발걸음을 늦추면서 자신들만의 추억을 떠올"리기를 기대한다. 이를 통해 독서의 의미를 "책 자체의 내용보다는 그 책을 읽었던 시간과 장소의 이미지" 같은 개인적인 요소에서 독자들이 직접 찾기를 기대한다. 왜냐하면 독서에서 중요한 것은 책에 있는 내용이 아니라 그 책을 언제 어디서 어떻게 읽었으며, 그때 무엇을 느꼈느냐 하는 것, 독서 경험 그 자체이기 때문이다. 이렇게 볼 때 프루스트가 대표작 『잃어버린 시간을 찾아서』에서 추구한 잃어버린 시간의 복원은 「독서에 관하여」에서 이미 시작되었다고 볼 수 있다. 그가 이 서문에서 생생하게 되살려 낸 유년 시절 콩브레의 추억은 프루스트의 걸작을 배태한 핵심적인 기억으로, 그는 「독서에 관하여」에서 처음으로 이 과거를 생생하게 상기했고, 이 과업은 『잃어버린 시간을 찾아서』를 통해 완수되었다.

2018년 12월

이봉지

참깨: 왕들의 보물

그대들 모두에게 참깨 떡 한 조각 그리고 십 파운드를 드릴 거요.

— 루시안, 『어부』[1]

1. 신사 숙녀 여러분, 오늘 밤 여러분에게 먼저 용서를 구하려 합니다. 강연의 주제를 알려야 할 제목을 모호하게 잡는 바람에 거짓된 구실로 청중을 모으려 한 것처럼 비쳤다면 용서해 주시기 바랍니다.

오늘 저녁 말씀드리려는 왕은 민중 위에 군림하고 통치하는 왕이 아닙니다. 말씀드리려는 금고 역시 값진 보물을 넣어 두는 보고가 아닙니다. 일반적으로 알려진 바와는 전혀 다른 왕과 보물에 관해 말씀드릴 겁니다. 잠시 저를 믿고 주의를 기울여 달라고 부탁할까도 했습니다. 그래서 (가장 좋아하는 경치를 친구에게 보여 주려는 사람들이 가끔 그러듯) 굽이진 길을 돌아

---

1   루시안(Lucian of Samosta, 125~180). 고대 그리스 작가로 풍자에 능했다.

서 가장 멋진 경치를 즐길 수 있는 지점이 갑자기 나타날 때까지는 보여 주려는 절경의 정체를 감추려 했습니다. 허술한 재주로 말입니다. 그런데 말을 돌려 할 줄 모르는 제 친구 캐넌 앤슨이 이미 첫 광고에서 「무엇을 읽고 어떻게 읽을 것인가」라고 강연 주제를 밝혀서 제가 좀 미뤄 놨던 대로 진입을 미리 알려 드리게 되어 이 어쭙잖은 가면을 바로 벗고 오늘 밤 말씀 드릴 내용은 책에 관한 것이라고 솔직히 밝힙니다. 취지를 알리지 않을 때 청중이 연사의 논지를 찾으려다 지쳐 버린다는 말을 대중 강연 전문가에게 들은 까닭이기도 합니다. 어떻게 독서를 할 수 있으며 어떻게 해야 하는가에 대해서도 말씀드릴 겁니다. 무겁고 광범위한 주제라고 느끼시겠죠. 맞습니다. 너무 광범위한 주제라서 주제 전부를 다루지는 않겠습니다. 다만 독서에 관한 몇 가지 단상만 말씀드릴 겁니다. 하루가 다르게 교육 수단이 확장됨에 따라 인쇄물이 늘어나고 개발됩니다. 대중이 이런 현상을 어떻게 생각하는지 돌아볼 때 독서에 대한 제 생각들이 나날이 진지해졌습니다.

2. 저는 각계각층 청년들이 다니는 여러 학교에서 일하기에 자녀 교육을 중시하는 학부모의 편지를 많이 받습니다. 학부모, 특히 어머니들이 사회적 지위를 가장 중시하는 사실에 늘 놀랍니다. "상당한 사회적 지위에 어울리는 교육"이 학부모가 흔히 쓰며 바라는 교육 목표입니다. 제가 이해하는 바로는 학부모들은 본질이 훌륭한 교육을 추구하지 않습니다. 편지를 보내는 학부모들은 교육이 무엇인지 정확히 이해하지 못하는 듯합니다. "내 아들이 멋진 코트 차림으로 초인종이 두 개 달린 문에서 방문객용 초인종을 당당하게 누르고, 그 아

이도 초인종이 두 개나 달린 대저택에서 살 수 있도록" 출세를 돕는 교육이 바로 그들이 원하는 교육입니다. 그들은 교육 자체가 출세라고는 전혀 생각하지 않는 것 같습니다. 그런 교육을 받는 것 자체가 출세인 교육 이외의 다른 교육은 대재난이 될 수 있다는 생각도 하지 않습니다. 바르게 시작하면 이 소중한 교육은 생각보다 훨씬 받기도 가르치기도 쉬워진다는 사실을 잘 모릅니다. 반면 잘못 시작할 경우 이런 교육은 그 어떤 특혜로도 억만금으로도 받을 수 없습니다.

3. 세계에서 가장 분주한 이 나라에서 가장 중요하고 영향력이 큰 주제는 출세입니다. 사람들은 아주 솔직하게 출세하고 싶다고 말합니다. 출세야말로 청년들이 애쓰고 노력하게끔 동기를 부여하는 최고의 자극제입니다. 사실 오늘 저녁 저는 출세가 무얼 의미하는지, 어떤 의미여야 하는지 여러분과 함께 정해 보려고 합니다.

현재 출세란 명성을 얻는 것입니다. 존경을 받는 명예로운 지위를 얻는 것이지요. 돈을 버는 자체가 출세가 아니라 돈을 번 것으로 알려지는 게 출세입니다. 위대한 목적을 이룬 것이 출세가 아닙니다. 그렇게 알려지는 게 출세입니다. 한마디로 인정받으려는 욕망을 만족시켜야 하지요. 고상한 사람들에게는 인정 욕구가 최후의 약점이 되는 반면 약한 사람들에게는 최초로 다가오는 약점입니다. 또한 일반 대중에게는 대체로 영향력이 가장 큰 충동이 됩니다. 인류의 가장 끔찍한 재해가 쾌락 욕망에서 비롯했듯이 인류가 가장 열심히 노력하는 동기의 근원을 찾아 거슬러 올라가면 칭찬을 받으려는 욕망이 있습니다.

4. 이런 충동을 비난하거나 옹호하려는 게 아닙니다. 이 충동이야말로 인류가 경주한 모든 노력, 특히 근대화를 이룬 노력의 동기가 된다는 사실을 인정하시길 바랍니다. 이 충동은 허영심을 충족합니다. 허영심은 우리를 애써 수고하게 하는 자극제이자 휴식의 향유(香油)입니다. 허영심은 생명의 원천과 밀접하게 닿아 있어서 그것을 다치는 것은 치명적이라고 합니다. 정말 그렇습니다. 이럴 때 굴욕이라는 표현을 쓰는데 이 단어는 괴저(壞疽) 같은 육체적인 불치병에 쓰는 표현입니다. 우리의 건강이나 기력은 이런 충동에 여러모로 영향을 받습니다. 이 사실을 잘 아는 의사 선생님들은 오시지 않은 것 같지만 정직한 사람이라면 인정받으려는 욕망이 그들을 이끄는 힘 있는 동기라는 사실을 알고 즉시 인정할 겁니다. 다른 선원들보다 배를 잘 다루기 때문에 선장이 되려는 사람은 없습니다. 선장님이라고 불리고 싶어서 선장이 되려는 겁니다. 사제들이 주교가 되려는 이유는 자신이 교구의 어려움을 가장 확실히 해결할 사람이라고 믿어서가 아닙니다. '주교님' 소리를 듣고 싶어서입니다. 군주가 왕국을 넓히거나, 신하가 왕위 찬탈을 도모하는 것은 자신이 왕으로서 나라를 가장 잘 통치하리라 믿기 때문이 아닙니다. 최대한 많은 사람의 입에서 그저 '폐하'라는 호칭을 듣고 싶기 때문입니다.

5. 바로 이것이 출세의 중요 개념이므로, 이는 각자의 지위에 따라 우리 모두에게 적용되며 **상류 사회 진출**이라는 출세의 부차적 결과에 특히 적용됩니다. 우리가 상류 사회에 진입하려는 이유는 거기 속하고 싶어서가 아니라 거기 속한다는 사실을 내보이고 싶기 때문입니다. 상류 사회를 좋게 여기는 이유는

무엇보다 상류 사회가 남들의 눈에 잘 띄기 때문이지요.

　좀 무례하게 여겨질 질문을 하나 드릴 텐데 용납해 주시겠어요? 여러분이 제 의견에 동의하시는지를 알아야 강연을 계속할 수 있기 때문입니다. (강연을 시작할 때는 여러분이 어느 쪽이든 상관없지만) 그래도 어느 쪽인지 알아야겠고, 대중의 행동 동기를 제가 저급하게 봤다고 생각하는지 정말 알고 싶습니다. 오늘 밤 저는 개연성을 해치지 않는 한 대중의 행동 동기를 가장 저급한 것으로 말씀드리기로 작정했습니다.

　정치 경제학을 다룬 저서[2]에서 제가 정직성이나 관용 같은 미덕을 인간의 행동 동기로 여길 때마다 여러분은 "미덕에 기대서는 안 됩니다. 인간 본성에는 미덕이 없습니다. 욕심과 질투 말고 인간 공통의 성정이란 없습니다. 다른 감정은 우연이나 이해관계가 없을 때만 작동합니다."라고 제게 말씀하십니다. 그래서 오늘 밤은 그 동기 중에서도 가장 저급한 단계로 내려가 보려 합니다. 여기 동의하실지 알아야겠습니다. 출세욕의 가장 큰 동기는 칭찬을 받고 싶은 마음일 뿐, 의무를 다하려는 정직한 마음은 부차적 동기에 불과하다는 데 동의하시는 분은 손을 들어 주십시오. (연사가 진지하게 묻는지 확신이 서지 않아서였는지 부끄러워서였는지 열두 명가량 청중만 손을 들었다.) 진지하게 묻는 겁니다. 여러분 생각을 정말 알고 싶습니다. 어쨌든 반대 질문을 해 보면 좀 더 정확해지겠지요. 의무를 다하고자 하는 욕구가 첫째 동기이고 칭찬을 받고 싶어 하

2　논문 네 편으로 구성된 『나중에 온 이 사람에게도』를 지칭. 이 책에서 러스킨은 인간의 이기심을 기반으로 한 정통 경제학을 대척하면서 정의와 도덕, 정직 등 인간의 가치를 바탕으로 한 경제학을 주장한다.

는 욕구는 부차적 동기라고 생각하시는 분은 손을 들어 주시 겠습니까? (연사 뒤쪽에서 한 명만 손을 들었다.) 아주 좋습니다. 제 의견에 동의하시는군요. 제가 너무 바닥에서 시작한다고 생각하지는 않으시는군요. 앞으로 질문 따위로 귀찮게 해 드리는 일은 없을 겁니다. 여러분도 의무를 제2 내지 제3의 동기로 여긴다고 생각하겠습니다. 유용한 일을 하거나 진정한 선을 이루려는 마음보다 출세욕이 먼저지만 그래도 두 가지 마음이 공존한다는 생각이시죠. 그래서 적당히 정직한 사람들이 높은 지위와 직위를 얻고 싶어 하는 건 적어도 어느 정도는 자선을 베풀 능력을 갖추기 위해서라고 여기실 겁니다. 그리고 지각 있는 사람들과 사귀는 것으로 보이든 말든 간에 어리석거나 무지한 사람들보다는 지각 있고 견문도 넓은 사람들과 사귀고 싶어 한다는 점도 인정하시고요. 마지막으로 친구의 소중함과 지인의 영향력에 관한 진부한 표현을 굳이 반복하지 않더라도, 진정한 친구와 현명한 동료를 사귀려는 욕망이 신실하여 그들을 진실하고 신중하게 선택할수록 행복하고 사회에 꼭 필요한 사람이 될 기회도 커진다는 점을 분명 인정하실 겁니다.

6. 우리에게 좋은 친구를 선택하려는 의지와 통찰력이 있다 하더라도 실제로 그런 친구를 선택할 힘이 있는 사람은 얼마나 될까요! 대다수에게 선택의 영역은 또 얼마나 좁은지요! 친분이 있는 사람 중 대부분은 우연이나 필요에 따라 정해집니다. 게다가 사람을 만나는 범위도 제한적이고 협소합니다. 누구와 교제하게 될지 알 수 없으며, 아는 사람이라도 가장 필요한 순간에 내 곁에 없을 수도 있습니다. 일반인이 뛰어난 지

성을 갖춘 사람들과 교제할 기회는 드물며, 설혹 만날 기회가 있다 해도 매우 순간적이고 부분적입니다. 운이 좋으면 위대한 시인을 언뜻 보고 목소리도 들을 겁니다. 과학자에게 한 번 정도 질문할 기회를 얻고 친절한 대답까지 들을 수도 있겠지요. 장관과 십 분 정도 말할 기회도 얻겠지만 장관의 말은 거짓투성이라 오히려 듣지 않는 게 나을 겁니다. 공주가 지나는 길에 꽃다발을 놓거나 여왕의 친절한 눈길과 마주칠 행운을 평생 한두 번 얻을 수 있을 겁니다. 우리는 이런 찰나적인 기회를 애타게 원하고, 이를 얻기 위해 시간과 열정, 힘을 소모합니다. 그러나 우리에게는 또 다른 교제의 가능성이 언제나 열려 있습니다. 우리의 신분에 상관없이 언제라도 우리가 원하는 만큼 길게 대화를 나눠 줄 사람들이 대기합니다. 최고로 엄선된 언어로 말하며 우리가 경청하면 우리에게 감사할 사람들입니다. 이들은 점잖고 그 수가 매우 많으며 접견을 허락하는 것이 아니라 우리를 만나기 위해서 종일토록 주변에서 기다려 줍니다. 바로 위대한 왕들과 정치가들로 이들은 소박하게 장식된 협소한 대기실인 서가를 떠나지 않고 참을성 있게 머뭅니다. 그러나 우리는 이들을 무시하며 이들의 말을 종일 단 한 마디도 들으려 하지 않습니다.

7. 여러분은 속으로 이렇게 생각하거나 말할 겁니다. 자신들의 말을 들어 달라고 애원하는 이 고상한 사람들에게는 관심을 보이지 않으면서, 고상하지도 않고 가르쳐 줄 것도 없으면서 우리를 경멸하는 사람들과 함께하려는 이유는 그들의 말을 듣기 위한 것이 아니라고 말입니다. 그들을 직접 만나 얼굴을 보면서 이야기하고 싶어서라고요. 아니요, 그렇지 않습

니다. 그들의 얼굴을 전혀 볼 수 없는 상황을 가정해 봅시다. 정치가의 방이나 왕자의 밀실에서 당신이 병풍 뒤에 숨어 있다고 생각해 보세요. 병풍 밖으로 나올 수 없는 상황이라도 그들의 말을 들을 수만 있다면 그것만으로 기쁘지 않겠습니까? 다시 한 번 가정해 봅시다. 이번엔 병풍의 폭이 좁아서 네 폭짜리 병풍이 아니라 책표지처럼 두 면으로 접히는 병풍입니다. 여러분은 이 책 사이에 숨어서 가장 지혜로운 분들이 연구하고 내린 결론을 신중히 선별한 언어로 들을 수 있습니다. 그런데 현자(賢者)가 주는 명예롭고도 은밀한 개인적 조언을 들을 수 있는 청중의 지위를 무시하는군요!

8. 생존해 있는 사람들의 말을 듣고 싶은 이유는 현재 일어나는 현상, 그래서 당신과 직접 관련된 사건에 대해 일러 주기 때문이라고 할 수도 있습니다. 아니요, 그럴 리 없습니다. 그들도 시사적인 문제에 관한 생각은 무심히 내뱉는 말이 아니라 글을 통해 더 정확히 밝힐 겁니다. 만약 심사숙고 후에 쓴 영향력이 지속되는 글(이것을 책이라 하지요.)보다 단시간에 쓰여 곧 사라지고 마는 글을 좋아한다면 살아 있는 자들의 말을 듣고 싶어 하는 여러분의 동기를 인정해 드리겠습니다. 모든 책은 곧바로 사라지는 책과 영원히 지속되는 책으로 분류됩니다. 이 구분에 주목하십시오. 단지 질적인 구분이 아닙니다. 형편없는 책이라 금방 사라지고, 좋은 책이라 오래 지속되는 것은 아닙니다. 종류에 따른 구분입니다. 좋은 책 중에서도 곧 사라질 책이 있는가 하면 영원히 지속되는 책도 있습니다. 형편없는 책들도 마찬가지입니다. 더 진행하기 전에 두 종류의 책을 정의 내려 보겠습니다.

9. 곧 사라지는 좋은 책에 관해 말씀드리겠습니다. 곧 사라질 형편없는 책은 그냥 넘어가겠습니다. 곧 사라지는 좋은 책은 책이라는 수단 외에 달리 소통 방법이 없는 상황에서 유익하거나 유쾌한 말을 여러분이 들을 수 있도록 인쇄한 것입니다. 꼭 알아야 할 지식을 전달하기 때문에 종종 매우 유익하며 지각 있는 친구의 말처럼 유쾌합니다. 생생한 여행담, 쾌활하고 재치 있는 토론, 소설 형식의 생생한 이야기이거나 가슴 아픈 이야기, 실제 사건에 대해 당사자들이 직접 들려주는 확실한 사실담 등이 그렇습니다. 곧 사라질 책의 수가 늘어나는 것은 교육이 점차 보편화되어 가는 시대인 현대의 독특한 특징입니다. 이 책들에 매우 감사해야 하며 이것들을 선용하지 못하는 우리 자신을 부끄럽게 여겨야 합니다. 그러나 이런 책들이 진정한 책의 자리를 넘보게 만든다면 이야말로 이런 책을 가장 악용하는 겁니다. 왜냐하면 엄격히 말해 이는 책이라고 할 수 없기 때문입니다. 그저 인쇄가 잘된 편지나 신문에 불과하지요. 친구의 편지가 오늘은 즐겁고 필요할 수 있습니다. 그러나 그 편지를 보관할 가치가 있는지는 생각해 볼 문제입니다. 아침 식사를 하면서 일간지를 읽는 것은 매우 어울리는 행동이지만 종일 읽고 있다면 이상한 일이지요. 숙박업소와 도로, 또 이곳저곳의 작년 날씨를 유쾌하고 재밌게 설명하고, 여러 사건의 배경을 알려 주는 긴 편지가 참고 문헌으로는 기막히게 요긴합니다. 그러나 이런 것들이 책으로 제본되었다 해도 이는 진정한 의미의 책이 아니며 또 반드시 읽어야 하는 필독서도 아닙니다. 책은 본질상 말이 아니라 글입니다. 그것도 그저 정보 전달을 목적으로 하는 글이 아니라 지속적으로 계속 읽힐 목적으로 씌인 글입니다. 말로 할 것을 책으로

만든 건 저자가 수많은 사람을 대상으로 동시에 연설을 할 수 없어서 인쇄한 결과입니다. 만약 수천 청중에게 동시에 연설할 수 있다면 굳이 책을 만들 필요 없이 연설을 할 겁니다. 책으로 만든 것은 여러 사람이 동시에 들을 수 있도록 저자의 목소리를 증폭한 겁니다. 인도에 있는 친구와는 이야기를 나눌 수 없습니다. 할 수 있다면 하겠지요. 그러나 불가능하기 때문에 편지를 씁니다. 목소리를 전달하는 수단으로 말입니다. 그러나 책은 목소리를 증폭하거나 전달하기 위해서가 아니라 목소리를 보존할 목적으로 씁니다. 저자는 자신이 진리로 깨달은 바, 유용하며 유익하고 훌륭한 것으로 깨달은 바를 말하고자 합니다. 저자가 아는 한 그것을 다룬 사람이 없기 때문입니다. 그가 아는 한 이런 깨달음을 다룰 사람이 없기 때문입니다. 그래서 그가 말할 수밖에 없습니다. 할 수 있다면 명쾌하고 리듬감 있게 말해야 하겠죠. 반드시 명쾌해야 합니다. 그의 삶에서 이것이야말로 명백한 하나의 깨달음이요, 또는 명백한 깨달음의 묶음입니다. 이것이 바로 그가 이 땅에서 깨달은 진정한 지식, 견해입니다. 그는 이것을 영원토록 기록해 두고 싶어 합니다. 할 수만 있다면 바위에라도 새기고 싶을 겁니다. "이것이 저의 최선입니다. 이외에는 저도 다른 사람과 마찬가지로 먹고 마시고 자고 사랑하고 미워하며 살았습니다. 제 인생은 사라질 물거품 같았으나 이제는 아닙니다. 여기 제가 깨달은 바가 있습니다. 제게 기억될 만한 가치 있는 것이 있다면 바로 이것입니다."라고 쓰겠지요. 이런 것이 글입니다. 저자 나름의 소박한 인간적 방식으로 그의 내면에 있는 진실한 영감을 총동원해서 쓴 그의 기록이며 비문(碑文)입니다. 책이란 바로 이런 겁니다.

10. 혹시 그렇게 쓰인 책은 없다고 생각하십니까?

다시 여쭙니다만 정직이나 친절이라는 가치를 믿기는 하십니까? 아니면 현명한 사람들에게서 정직이나 자비심 같은 건 찾을 수 없다고 생각하시나요? 그런 생각을 할 만큼 비참한 분이 저희 중에는 안 계시길 바랍니다. 현자들이 이룬 업적 중 정직하게 호의적으로 작업한 부분이 있다면 그게 바로 책이나 예술품입니다. 책이나 예술품에도 서툴고 장황하고 가식적인 형편없는 부분들이 항상 섞여 있기 마련입니다. 그러나 제대로 읽기만 하면 진실된 조각들을 쉽게 발견할 수 있습니다. 이 진실된 조각들이 바로 책입니다.

11. 이런 책은 전 시대에 걸쳐 가장 위대한 사람들이 썼습니다. 위대한 지도자, 위대한 정치가, 위대한 사상가 들 말입니다. 이제 여러분은 선택만 하면 됩니다. 인생은 짧다는 말을 여러 번 들어 보셨죠. 그러나 이 짧은 인생과 인생의 가능성을 계산해서 계획을 짜 보신 적이 있으신가요? 이 책을 선택하면 저 책은 포기할 수밖에 없고, 오늘 놓친 것은 다시 찾을 수 없다는 사실을 알고 계십니까? 왕이나 여왕과 대화할 수 있는데 가정부나 마부와 잡담을 하시겠습니까? 전(全) 시대에 걸쳐 세계 각지에서 선별된 위대한 현자들이 수없이 모여 있고, 영원한 궁정의 문이 활짝 열려 있는데, 여러분은 이들을 만날 기회를 무시합니다. 그러면서도 살아 있는 고관대작들 말을 듣기 위해 입장 허가를 얻으려고 이리저리 떼 지어 몰려다닙니다. 이런 행동이 본인의 체면에 부끄럽다는 생각은 안 하십니까? 말씀드린, 위대한 현자들이 모여 있는 그 궁정엔 언제든 들어갈 수 있습니다. 여러분이 원하시는 대로 교제할 수 있고

지위도 얻을 수 있습니다. 일단 그 궁정에 들어가기만 하면 본인이 잘못하지 않는 한 어느 누구도 그곳에서 여러분을 내쫓을 수 없습니다. 여러분이 얼마나 고귀한 사람인지는 그곳에서 여러분이 사귀는 동료에 의해 분명히 드러날 겁니다. 그리고 그 영원한 사자(死者)의 사회에서 당신이 어떤 지위에 오르고 싶어 하는지에 따라 현 사회에서 높은 지위를 얻으려고 애쓰는 여러분 동기의 진실함과 진정성이 판단될 겁니다.

12. 여러분이 원하는 지위, 즉 여러분이 스스로 적합해지려고 노력하는 지위라고 해야겠습니다. 왜냐하면 과거의 궁정, 즉 사자들의 궁정은 현존하는 귀족의 궁정과 다르기 때문입니다. 과거의 궁정은 노고와 공적을 제외한 어느 것에도 문을 열지 않습니다. 이상향, 즉 사자의 궁정을 지키는 문지기는 돈을 아무리 많이 주어도 매수할 수 없고, 어떤 명성에도 위압당하지 않으며 어떤 책략에도 속지 않습니다. 깊은 의미에서 사악하거나 속물적인 사람은 결코 들어갈 수 없는 곳입니다. 조용한 포부르생제르맹[3]의 입구에는 "이곳에 들어올 자격이 있는가?"라는 짧은 질문이 적힌 패가 걸려 있습니다. "통과하시오. 고상한 자들과 사귀길 원하오? 고상해지시오. 그러면 고상한 자들과 사귀게 될 거요. 현자와 대화하길 원하오? 공부하여 이해력을 높이시오. 그러면 그들의 말이 들릴 것이오. 이해력을 키우는 방법 이외의 다른 방법으로는? 안 될 말이오. 당신의 이해력이 우리만큼 높아지지 않으면 우리가 굳이

---

3   Faubourg St. Germain. 파리에 있는 특별 구역으로 프랑스 최고의 귀족들이 18세기 이후 거주했다.

당신의 이해 수준으로 내려갈 수 없소. 살아 있는 군주는 관대한 체할 수 있고 현존하는 철학자들도 상당히 고통스러운 일이긴 하지만 자신의 사상을 설명해 줄 수 있을 것이오. 그러나 우리는 관대한 체하거나 설명하지 않는다오. 우리와 같은 사고 수준으로 올라와야만 우리의 사상에 기쁨을 느낄 수 있고, 우리의 정서를 느낄 수 있어야만 우리의 존재를 인식할 수 있을 거요."

13. 여러분은 바로 이런 일을 해야 합니다. 힘든 일이라는 것은 인정합니다. 한마디로 이들을 사랑해야만 함께할 수 있습니다. 야망 같은 것은 아무 소용도 없습니다. 그들은 당신의 야망을 비웃을 겁니다. 그들을 사랑해야만 합니다. 그리고 그 사랑을 다음과 같은 두 가지 방법으로 보여 주어야 합니다.

첫째, 우선 가르침을 받고 그들의 사상을 이해하려는 진실한 마음가짐으로 여러분의 사랑을 보이십시오. 사상을 공유하기 위해서는 관찰을 해야 합니다. 그들의 글에서 여러분 자신의 생각을 찾는 작업이 아닙니다. 저자가 여러분보다 지혜롭지 않다면 그 책은 읽을 필요가 없습니다. 저자가 여러분보다 지혜로운 사람이라면 그의 생각은 여러 면에서 여러분 생각과 다를 겁니다.

둘째, 책을 읽으면서 우리는 "아주 좋은데, 내 생각하고 똑같아!"라고 말하는 경우가 종종 있습니다. 그러나 '이상도 하지! 이런 생각을 해본 적이 없어. 그런데 맞는 소리 같은데.' 혹은 '이 생각이 옳다는 걸 지금은 잘 모르겠지만 언젠가 알게 되겠지!' 하고 느껴야 합니다. 이렇게 고분고분하든 아니든 간에 적어도 자신의 뜻을 발견하기 위해서가 아니라 저자의 뜻을 이해하기 위해서 다가가야 합니다. 본인에게 저자의 사상을 판단할 자격이 있다는 생각이 들더라도 판단은 미루고 먼저 그의 사상을 확실히 알아야 합니다. 그리고 저자의 가치 있는 사상을 단번에 이해할 수 없다는 사실을 명심하십시오. 그렇습니다. 아무리 많은 시간을 쏟아도 그의 사상을 완벽하게 파악할 수는 없습니다. 저자가 자신의 사상을 다 표현하지 않거나 충분히 강하게 말하지 않아서가 아닙니다. 저자도 자신의 사상을 모두 말할 수 없기 때문입니다. 더 이상한 건 저자가 비밀스럽고 우화적인 방식으로만 자신의 사상을 말한다는 겁니다. 여러분이 저자의 사상을 진심으로 깨닫고 싶어 하는 건지 확인하기 위해서입니다. 저도 그들이 그런 행동을 하는 이유를 정확히 알 수 없습니다. 현자는 깊은 뜻을 언제나 은밀하게 숨기는데 이런 잔인하도록 과묵한 그들의 태도를 저도 이해하지 못합니다. 그들은 자선을 베풀듯이 사상을 알려 주지 않습니다. 단지 보상으로 줄 뿐입니다. 그러나 사상을 알려 주기 전에 우선 여러분이 그 사상에 걸맞은 사람인지를 확인하려 들 겁니다. 이는 지혜의 상징인 황금을 찾는 방법과 동일한 원리입니다. 저희 생각엔 지구의 전력(電力)으로 지구 안에 있는 모든 황금을 끌어 올려 산 정상에 모아 두고 누구나 쉽게 볼 수 있게 하지 않을 이유가 없습니다. 그러면 군주나 백성들이 산 정상에 금이 있는 걸 알고 금을 채굴하느라 힘들이거나 고뇌하지 않고 기회를 엿봐야 하는 번거로움이나 시간 낭비 없이 원하는 만큼 가져다가 금화를 만들 수 있을 테니까요. 그러나 자연의 섭리는 그렇지 않습니다. 자연은 아무도 모르게 작은 틈새마다 금을 숨겨 놓지요. 오랫동안 땅을 파더라도 전혀 찾지 못할 수도 있습니다. 조금이라도 찾으려면 채굴에 힘을 쏟아야 합니다.

14. 인간의 최고 지혜를 캐내는 방식도 이와 같습니다. 좋은 책을 만나면 스스로에게 이런 질문을 해야 합니다. '오스트레일리아의 광부처럼 노동할 의향은 있는가? 곡괭이와 삽은 잘 정돈되어 있고 내 몸의 상태는 좋은가? 소매를 팔꿈치까지 걷어 올렸는가? 호흡은 정상인가? 기분은 괜찮은가?' 지루할 수도 있는 위험을 무릅쓰고 조금만 더 이 비유로 말해 보겠습니다. 매우 유용하거든요. 여러분이 찾는 금속은 저자의 정신 또는 사상입니다. 저자의 언어는 광석이므로, 그것을 부수고 용해해야 정신에 도달합니다. 곡괭이는 여러분의 노력이며 재기와 학식입니다. 용광로는 사고하는 여러분의 영혼이지요. 여러분에게 이런 연장과 불꽃이 없다면 어느 저자이건 그의 사상에 도달하기를 바라지 마십시오. 가장 날카롭고 가장 정교한 끌질을 하고 가장 끈기 있는 용해 작업을 거치고서야 겨우 금속 한 조각을 얻는 경우가 허다할 겁니다.

15. 이 점에 있어서는 제가 옳다는 것을 알기에 저는 권위를 가지고 진지하게 말씀드립니다. 무엇보다도 단어에 열심히 주목해서 그 뜻을 음절별로 아니 철자별로 확인하는 습관을 들여야 합니다. 소리와 문자의 기호적 역할이 서로 달라서, 책 연구를 소리 연구가 아니라 '문헌 연구(literature)'라고 부릅니다. 그리고 문헌 연구에 능통한 사람을 서적에 해박한 사람(a man of books)이나 단어에 해박한 사람(a man of words)이라고 부르지 않고 문자에 해박한 사람(a man of letters), 즉 학자라고 부르는 겁니다. 우연히 붙여진 것 같은 이 명칭은 다

음 같은 참된 원리와 연결됩니다. (아주 오래 살아서) 대영 박물관에 비치된 책을 다 읽었다 해도 여전히 무지한 채 교양이 없을 수 있고, 양서를 열 쪽만 읽었어도 문자 하나하나를 제대로 정확하게 이해했다면 매우 교양 있는 사람으로 살아갈 수 있는 원리 말입니다. 지식적인 면에서만 본다면 교양과 비교양의 차이는 온전히 정확성의 문제입니다. 교육을 잘 받은 사람이라도 모국어 외의 다른 언어는 모를 수 있습니다. 책도 몇 권 읽지 않았을 수 있습니다. 그러나 그는 자신이 쓰는 언어를 정확하게 압니다. 그의 발음은 언제나 정확하고 귀족적인 단어에 해박합니다. 단어의 족보에 해박하고, 한눈에 혈통 있는 단어와 근대에 생겨난 근본 없는 단어를 구별할 줄 압니다. 그는 고상한 단어의 어원도 모두 꿰뚫고 있습니다. 단어들 간의 내혼(內婚)이나 원척(遠戚) 관계도 압니다. 한 단어가 어느 나라에서 언제 얼마나 인정받았는지, 또 귀족적 단어가 차지했던 관직이 무엇이었는지를 훤히 압니다. 교양이 없는 사람들은 여러 언어를 암기해 알 수도 말할 수도 있습니다만 어느 단어 하나 그 의미를 제대로 알지는 못할 겁니다. 모국어의 단어 하나도 제대로 모를 수 있습니다. 평범한 머리에 분별력이 있는 선원이라면 항구에 내려 그곳 사람들과 말이 통하는 나라가 많을 겁니다. 그러나 어느 나라 말이든 문장 하나만 들어 보면 그의 무지가 드러납니다. 그래서 단어의 강세나 문장 내 표현의 변화로 단번에 그 사람이 학자인지 알아볼 수 있습니다. 교육을 받은 사람들은 이 점을 매우 통렬히 느끼고 결정적으로 받아들입니다. 그래서 문명국의 의회에서 강세나 음절을 한 번이라도 틀리게 발음하면 그것으로 영영 교양 없는 사람 취급을 받고 마는 거지요.

16. 당연한 일입니다. 오히려 정확성을 더 강조하지 않고 더욱 진지하게 요구하지 않는 게 유감입니다. 라틴어 음절의 길이를 잘못 발음했을 때 하원이 실소하는 것은 당연합니다. 그러나 틀린 영어를 했는데도 얼굴을 찡그리지 않는다면 잘못입니다. 무슨 수를 써서라도 단어의 강세는 잘 지킵시다. 그러나 의미를 더 면밀히 지킵시다. 그러면 단어를 적게 구사해도 의미가 전달됩니다. 몇 안 되는 단어라도 잘 선택하고 선별해 쓰면 모호한 단어 천 개로도 전달하지 못하는 의미를 전달할 수 있습니다. 그렇습니다. 단어의 의미를 잘 살피지 않을 때 단어는 때로 끔찍한 일을 저지르기도 합니다. 지금도 유럽에는 가면을 쓴 채 눈을 피해서 우리 주변을 웅얼거리며 돌아다니는 단어가 많습니다. 이런 단어가 유래 없이 많아졌는데 이유는 천박하고 얼룩지고 서툴고 감염성 있는 정보, 아니 오히려 오보라 할 만한 것이 사방에 퍼진 탓입니다. 그리고 학교에서 교리문답 문구만 가르치고 그 안에 담겨 있는 인문적 의미는 가르치지 않기 때문입니다. 가면 쓴 단어들이 널리 퍼져 있습니다. 정작 의미를 제대로 이해하는 사람이 하나도 없는데 모두가 그 단어를 씁니다. 그 단어의 의미가 자신이 중요하게 생각하는 이런 뜻이다, 저런 뜻이다, 아니 그 외의 다른 뜻이라고 마음대로 상상하면서 그 단어를 사수하기위해 싸우고 죽기까지 하는 사람들이 많습니다. 이런 단어가 카멜레온 같은 겉옷을 입고 있기 때문입니다. '땅 사자'라는 겉옷 말입니다. '땅 사자'는 땅바닥 색을 띠고 있는데 이 땅바닥은 사람들의 공상입니다. 땅 사자는 땅바닥에 엎드려 사람을 기다리다가 뛰어 올라 그를 찢어발깁니다. 가면 쓴 단어만큼 거친 맹금류도, 그토록 교활한 외교관도, 치명적인 독살자

도 없습니다. 가면 쓴 단어들은 사람들의 사고(思考)를 관리하는 부정한 청지기입니다. 사람들은 자기가 좋아하는 가면 쓴 단어에게 자신이 매우 아끼는 공상이나 본능을 돌보도록 맡깁니다. 그러면 그 단어가 그 사람에게 무한한 권력을 휘두르게 됩니다. 그 단어를 통해서만 그에게 다가갈 수 있기 때문입니다.

17. 영어처럼 태생이 잡종인 언어인 경우, 격조 높은 말은 그리스어나 라틴어로, 저속한 말은 색슨어나 다른 평범한 언어로 할 수 있습니다. 이런 면에서 원하든 원하지 않든 단어의 뜻을 모호하게 만드는 치명적인 힘이 사람들에게 주어집니다. 예를 들어 책에 해당하는 그리스어 biblos나 biblion을 책 개념에 위엄을 부여하고 싶은 경우에만 쓰고 다른 경우에는 영어로 번역해 씁니다. 그러나 대신 biblos나 biblion을 '책'의 바른 표현으로 항상 사용하거나 아예 쓰지 않는다면, 단어 형태를 그 단어의 힘으로 혼동하는 습관이 있는 사람들은 크고 유익한 영향을 받을 겁니다. 「사도행전」 19장 19절 같은 곳에서 그리스어를 번역하지 않은 채 "또 마술을 행하던 많은 사람이 그 책(bibles)을 모아 가지고 와서 모든 사람 앞에서 불사르니 그 책값을 계산한 즉, 은 5만이나 되더라."로 읽는다면, 하나님의 임재(臨在)보다는 성화(聖畵)를 경배하는 우상 숭배자들처럼 하나님 말씀에 담긴 정신보다는 자구를 경배하는 단순한 사람들에게 얼마나 큰 유익이 되겠습니까! 반면 그리스어를 그대로 쓰지 않고 번역해서 Holy Bible(성경) 대신 언제나 The Holy Book(성서)이라 읽는다면 더 많은 사람들이 생각하게 될지 모릅니다. 태초에 하늘을 창조하고 지금도

그 하늘을 보존하는 하나님의 능력 있는 말씀[4]은 모로코가죽
으로 제본해서 선물할 수 있거나 증기 쟁기나 증기 인쇄기로
길가에 뿌릴 수 있는 것이 아니라는 생각 말입니다. 또 그 말
씀이 매일같이 우리에게 공급되는데 우리는 교만하게 그 말
씀을 거부하고, 우리 안에 매일같이 말씀의 씨가 뿌려지지만[5]
그 즉시 우리 안에서 질식당한다는 생각 말입니다.

18. 그러니 그리스어인 χατμχφινω에 강한 의미를 더해 번
역하고 싶으면 울림이 깊은 저주하다(damno)라는 라틴어를
쓰고 부드러운 의미를 유지하고 싶으면 온화한 표현인 비난
하다(condemn)로 바꾼다면, 속된 영국인 마음에 어떤 영향을
미칠까 다시 한 번 생각해 보십시오. 단어의 뜻을 제대로 알
지 못하는 사제들이 "믿는 자는 정죄(damned)를 받지 않으리
라."라는 말씀으로 얼마나 탁월한 설교를 해 왔는지요? 그들
이 「히브리서」 11장 7절 "그 집을 구원하였으니 이로 말미암
아 세상을 정죄하고(damned)"나 「요한복음」 8장 10절 "여자
여, 너를 정죄한(damned) 자가 없느냐? 여자가 대답하되 주여
없나이다. 예수께서 이르시되 나도 너를 정죄하지(damned)
아니하노니 가서 다시는 죄를 범하지 말라 하시니라."를 해석
하면서는 두려움으로 몸을 움츠렸겠지만 말입니다. 유럽의
종교적 분리는 엄청난 피의 대가를 지불했고, 숲속 낙엽만큼
이나 많은 고귀한 영혼들이 자신의 종교를 지키기 위해서 무

4 「베드로 후서」 3:5~7 참고.— 원주
5 예수님이 말씀하신 씨 뿌리는 자의 비유는 「마태복음」 13:3~8, 「마가복음」
   4:3~8, 「누가복음」 8:4~8에 기록되어 있다.

시무시한 적막감에 내던져졌습니다. 그들 가슴에 심오한 명분이 있었고 이 명분에 근거해서 분리가 일어났겠지만, 분리를 일으킨 실제 이유는 종교적 목적의 대중 회합에 특유의 품위를 부여하기 위해 그리스어를 채택한 문제와 priest(사제)를 presbyter(사제)의 축약어로 쓰는 속된 영어 어법 같은 부수적이고 모호한 것들이었습니다.

19. 자, 단어를 제대로 다루기 위해서는 습관을 들여야 합니다. 여러분 모국어인 영어는 대부분 다른 언어에서 왔습니다. 동쪽 지방의 원시 방언은 말할 것도 없고 색슨어, 독일어, 프랑스어, 라틴어, 그리스어에서 유래했습니다. 그리고 이 모든 언어에 전부 속했던 단어가 영어에 다수 있습니다. 처음엔 그리스어, 그다음에는 라틴어, 그다음에는 불어나 독어 그리고 마지막으로 영어에 들어온 단어가 많다는 말입니다. 이런 단어들은 각 나라 사람들의 입을 통해 의미와 용법이 상당히 변화되어 왔습니다. 그러나 오늘날까지 훌륭한 학자들이 그 단어를 쓰면서 느끼는 깊고도 중요한 의미는 그대로 유지되었습니다. 그리스어의 자모를 모르신다면 배우십시오. 남녀 노소를 불문하고 진지한 독서를 하고 싶은 분은(그 말은 물론 여유로운 시간이 좀 있다는 말씀이시죠.) 그리스어 자모를 익히십시오. 의미가 확실치 않은 단어가 있거든 모든 언어의 사전을 좋은 것으로 구입해서 끈기를 가지고 사전을 찾아보십시오. 우선 막스 뮐러의 강연집을 꼼꼼히 읽어 보세요. 의심스러운 단어는 하나라도 놓치지 마십시오. 어려운 작업입니다만 처음부터 재미를 느낄 수도 있고 결국은 한없이 즐거운 일임을 알게 될 겁니다. 이 습관이 힘과 정확성 면에서 여러분의 인성

에 미치는 유익은 이루 헤아릴 수 없습니다.

그러나 그리스어나 라틴어 혹은 프랑스어를 속속들이 알아야 한다거나 그러려고 노력해야 한다는 말은 아닙니다. 어느 언어든 완전히 습득하려면 평생이 걸리기 때문입니다. 그렇게까지 하지 않아도 영어의 한 단어가 어떤 의미를 거쳐 왔는지 알 수 있고 훌륭한 작가의 글 속에서 여전히 그 의미가 살아 있다는 점을 쉽게 확인할 수 있을 겁니다.

20. 이제 여러분이 허락하신다면, 진정한 책으로부터 몇 줄을 조심스럽게 읽어 보고 거기서 무엇을 얻을 수 있는지 그 예를 보여 드리려 합니다. 여러분이 모두 아는 책을 선택하겠습니다. 여기에 쓰인 영어 단어들보다 익숙한 단어는 없을 텐데 이보다 더 성의 없이 읽혀온 단어들도 없을 겁니다. 「리시더스(Lycidas)」[6]에서 몇 줄 인용하겠습니다.

> 갈릴리 호수의 뱃사공이여,
> 마지막으로 와서 마지막으로 가는구나,
> 묵직한 열쇠 두 개를 지니고,
> (황금 열쇠는 열고, 쇠 열쇠는 단단히 잠그네.)
> 그는 주교관을 쓴 머리채를 흔들고 단호히 말했지,
> 젊은이여, 나는 그대를 위해 막을 수 있었으련만!
> 자기 배만 채우기 위해
> 양 우리로 기어올라 침입하는 것들을.

---

6 17세기 영국의 시인이자 청교도 사상가로 『실낙원』의 저자인 존 밀턴(John Milton, 1608~1674)이 1637년 배가 전복되어서 익사한 캠브리지 대학 동문인 에드워드 킹(Edward King)을 애도하며 지은 목가적 애가.

양털 깎는 축제에 기어들어와

귀한 초청객들을 밀어내는 일 외에

다른 것에는 괘념치 않는 것들,

너, 눈먼 입들아! 목동의 지팡이마저

어찌 다룰지 모르고, 배운 것이 전혀 없으니

신실한 목동의 기술은 말해 무엇 하겠는가!

그들에게 그것이 무슨 상관이 있겠나? 그들에게 무엇이

필요하겠는가? 이미 성공했는데.

흥이 날 때면 겉만 번지르르한 내용 없는 노래를

형편없는 짚으로 만든 피리로

삑삑대는구나,

양들이 굶주려 올려보아도 먹이지 않으니

바람에 몸 부풀고 악취 나는 안개를 들이마셔,

그 속은 썩었고 더러운 전염병을 퍼트리네,

게다가 잔인한 늑대가 발톱을 숨긴 채 들어와

매일같이 빠르게 양들을 삼켜 대지만 누구도 말하는 자 없도다

구절을 생각해 보고 단어를 살펴봅시다.

우선 밀턴이 성 베드로에게 주교의 역할뿐 아니라 신교도들이 가장 격렬히 거부하는 주교의 전형을 부여했다는 점이 독특하지 않습니까? "주교관을 쓴" 머리채라니! 밀턴은 주교를 좋아하지 않았는데 성 베드로는 어떻게 "주교관을 쓴" 걸까요? "묵직한 열쇠 두 개를 그가 지녔습니다." 이 두 열쇠가 로마의 주교들이 주장하는 능력의 열쇠인가요? 그 능력을 밀턴이 여기서 인정하는 이유는 시적 파격을 위한 건가요? 빛의 효과를 높여 주는 번쩍이는 황금 열쇠의 회화성을 위해서요.

그런 생각은 마십시오. 위대한 작가는 살고 죽는 교리 문제에 극적 기교를 부리지 않습니다. 그건 소인배들이나 하는 짓이지요. 밀턴은 본심을 말하고 있습니다. 그리고 있는 힘을 다해 그 의미를 전달합니다. 모든 정신력을 다해 말하고 있습니다. 밀턴은 가짜 주교는 좋아하지 않았지만 진정한 주교는 사랑했습니다. 그의 생각에 이 갈릴리 호수의 뱃사람은 진정한 주교 권력의 수장이며 전형이었던 것입니다. 왜냐면 밀턴이 "천국의 열쇠를 내가 네게 주노라."라는 예수님의 말씀을 그대로 받아들였기 때문입니다. 밀턴은 신교도였지만 나쁜 주교들이 존재한다는 이유 하나로 주교를 그의 작품에서 지워 버리려 하지 않았습니다. 아니요, 밀턴을 이해하려면 이 시를 먼저 이해해야 합니다. 이 시를 삐딱하게 보거나 이 시가 마치 신교와 반목하는 교파의 무기나 되는 것처럼 (숨을 죽인 채) 염려스럽게 웅얼거려서도 안 됩니다. 이는 모든 교파가 깊이 새겨야 할 장엄하고 보편적인 주장입니다. 조금 더 논의를 진전했다가 돌아오면 이 구절의 논리를 더 잘 이해할 수 있을 겁니다. 진정한 주교권을 분명하게 주장하면 잘못된 주교권을 요구하는 자들에 대해 어떤 비난을 해야 할지 더 비중 있고 확실하게 느끼기 때문입니다. "자기 배만 채우기 위해 양 우리로 기어올라 침입하는" 성직자들이 권리와 지위를 잘못 요구하는 것에 대해서도 그렇고요.

21. 정밀하지 못한 시인들처럼 시의 운율이나 맞추기 위해서 밀턴이 기어(creep), 오르고(climb), 침입한(intrude)이란 세 단어를 썼다고 생각하지 마십시오. 그는 특별히 이 세 단어가 모두 필요했습니다. 반드시 이 단어들이어야 했고, 다른 단

어들은 필요치 않았습니다. 왜냐면 다른 단어들은 내용의 반전에 도움이 안 되고, 될 수도 없기 때문이지요. 덧붙일 단어도 있을 수 없습니다. 왜냐하면 이 세 단어가 교회의 권력을 부당하게 추구하는 세 부류의 특성을 빠짐없이 포함하기 때문입니다. 우선 양 우리로 기어 오는 자들은 직위나 명예는 아랑곳하지 않고 은밀한 영향력에만 관심을 쏟습니다. 모든 일을 비밀스럽고 교활하게 하며 사람 마음을 은밀하게 알아차려 부지중에 지시할 수만 있다면 어떤 비열한 일이나 행위도 주저하지 않는 자들입니다. 그리고 침입하는(즉 쳐들어오는) 자들은 본성이 오만불손하고 혀를 놀리기만 하면 하는 말마다 완고하며, 자기주장을 할 때면 두려움 없이 굴하지 않고, 일반 군중의 귀를 사로잡고 그들에게 권한을 행사합니다. 마지막으로 오르는 자는 견고하고 건전하게 학문과 노동을 하지만 야망이라는 명분을 위해 학문과 노동을 이기적인 목적에 사용하고 높은 권위와 영향력을 얻지만 "양 무리의 본"이 되는 대신 "맡은 자들에게 주장하는"(「베드로전서」5:3) 자가 됩니다.

22. 계속해 볼까요.

> 양털 깎는 축제에 기어들어와
> 귀한 초청객들을 밀어내는 일 외에
> 다른 것에는 괘념치 않는 것들,
> 너, 눈먼 입들아!

여기서 다시 멈추겠습니다. 표현이 이상해서입니다. 부주의하고 비학문적인 매끄럽지 않은 은유라고 생각하실지도 모릅니다.

그렇지 않습니다. 이 대담하고도 함축적인 은유는 독자가 더 자세히 주시하고 암기하게 하려고 선택된 것입니다. 두 개의 단음절 단어들(blind mouths)은 교회의 중대한 두 직무인 주교와 목사가 지녀야 할 바른 성품의 정반대 특성을 정확하게 표현합니다.

주교는 살피는 사람입니다. 목사는 먹이는 사람이지요. 따라서 가장 주교답지 않은 특성은 눈이 멀었다는 겁니다. 가장 목사답지 않은 점은 먹이는 대신 자신이 먹으려는 것이지요. 그러니 입이 된다는 건 가장 목사답지 않은 일입니다.

두 직무의 정반대 속성들을 함께 모으면 "눈먼 입들"이 됩니다. 이 의미를 조금 더 살펴보는 것이 좋겠습니다. 대부분의 교회 내부의 악은 빛보다는 권력을 좇는 주교로부터 발생합니다. 그들은 시야가 아니라 권위를 원합니다. 그들의 진정한 임무는 다스리는 것이 아닌데도 말입니다. 열심히 권고하고 꾸짖는 일이 주교의 직무인 반면 다스리는 것은 왕의 직무입니다. 주교의 역할은 양 무리를 감독하는 겁니다. 한 마리 한 마리 셀 수 있어야 합니다. 모두 몇 마리가 있는지 언제든 보고할 수 있어야 합니다. 양 무리에 몇 마리가 있는지 알지 못한다면 그 영혼의 상태를 설명할 수 없는 거야 자명한 사실이지요. 따라서 주교의 우선 임무는 적어도 자기 교구의 영혼 하나하나의 상태 그리고 어린 시절부터 현재에 이르는 그들의 역사를 언제든지 바로 입수할 위치에 있는 겁니다. 예를 들어 보겠습니다. 저기 뒷골목에서 빌과 낸시가 치고받으며 서로의 이를 부러뜨렸습니다. 주교가 이 사건의 전말을 모두 알고 있습니까? 그들을 보고 있었습니까? 그들을 내내 지켜보고 있었습니까? 어쩌다 빌이 낸시의 머리를 쥐어박는 버릇이 생겼는지 그 자초지종을 설명할 수 있습니까? 설명할 수 없다면 쓰고 있는 주교관이 샐리스버리 성당의 첨탑[7]만큼 높다 해도 그는 주교가 아닙니다. 단연코 그는 주교가 아닙니다. 그는 돛대 위에 올라가 있기보다 선박의 키를 잡으려 했습니다. 그는 상황을 살피지 않았습니다. "뒷골목에 있는 빌을 살피는 것이 주교의 임무는 아니지요."라고 여러분은 말씀하는군요. 무슨 말씀을요! (밀턴의 시로 가서) "양들이 굶주려 올려보아도 먹이지 않고, 잔인한 늑대가 발톱을 숨긴 채 들어와 (주교는 이런 사실을 모르고 있습니다만) 매일같이 빠르게 양을 삼켜 대지만 누구도 말하는 자 없는"데도 주교는 털이 길고 살 찐 양들만 보살피면 되나요?

"저희가 생각하는 주교는 다릅니다."[8]라고 말씀하는군요. 아마 그럴 수도 있겠지요. 그러나 제가 드리는 말씀은 성 베드로의 말입니다. 밀턴도 그렇게 말했고요. 그분들 말이 옳을 수도 있고 여러분 말이 옳을 수도 있습니다만 여러분이 생각하는 바를 그분들이 한 말에 덧입혀 마음대로 읽으면 안 됩니다.

23. 계속하겠습니다.

바람에 몸 부풀고 악취 나는 안개를 들이마셔

---

7   1258년에 본관이 완성된 이 성당은 샐리스버리에 위치해 있다. 초기 영국 건축의 표본이 되며 1549년 이후부터 영국에서 가장 높은 첨탑(123미터)이 있는 교회로 알려져 있다.

8   「시간과 조수」의 열세 번째 편지와 비교해 보라. ─ 원주

이 부분은 "가난한 자들의 육신은 보살핌을 받지 못할지 언정 그들의 영혼은 보살핌을 받나니 그들에겐 영적인 양식 이 있음이라."라는 천박한 답변에 대한 대응입니다.

밀턴은 "그들에게 영적 양식 같은 것은 없고 바람에 부풀 었을 뿐"이라고 쓰고 있네요. 처음엔 이 표현이 거칠고 모호 하다고 느낄 수도 있습니다. 그러나 이 역시 문자적으로 정확 합니다. 라틴어와 그리스어 사전에서 '영혼'의 의미를 찾아보 십시오. 이 단어는 라틴어의 '호흡'에 해당하는 단어의 축약어 입니다. 그리고 '바람'에 해당하는 그리스어를 모호하게 번역 한 것입니다. "바람이 임의로 불고"와 "성령으로 난 사람도 다 그러하니라."[9]에도 똑같은 단어를 씁니다. 성령으로 낳았다 는 말은 호흡으로 낳았다는 말입니다. 바람은 하나님께서 인 간의 영혼과 육체에 불어 넣은 호흡을 의미합니다. 영어에서 는 영감(inspiration)과 내쉬다(expire)에 바람의 진짜 의미가 담겨 있습니다. 양떼의 몸을 채우는 두 종류의 호흡이 있는데 하나님의 호흡과 인간의 호흡입니다. 하늘의 공기가 그렇듯 하나님의 호흡은 언덕 위 양떼들에게 건강이요, 생명이요, 평 화입니다. 그러나 인간이 영적이라고 부르는 인간의 호흡은 늪지대에 피어오르는 안개마냥 양떼들에겐 질병이요 전염병 입니다. 양떼들은 그 호흡 탓에 안에서부터 썩어 갑니다. 시체 가 부패할 때 발생하는 유독 가스로 부풀어 오르듯이 인간의 호흡으로 양떼의 몸이 부풀어 오릅니다. 이는 모든 거짓된 종 교적 가르침에 그대로 적용되는 말입니다. 거짓된 종교적 가 르침의 처음이요 마지막이며 또 가장 치명적인 징후가 바로

9 「요한복음」 3:8.

부푸는 겁니다. 부모를 가르치려 드는 개종한 자식, 정직한 사람들을 가르치려 드는 개종한 범죄자, 인생의 절반을 백치처럼 멍하게 살다가 갑자기 신의 존재를 깨닫고는 자신이 신의 특별한 백성이며 사자(使者)라고 망상하는 개종한 얼간이. 크건 작건, 가톨릭이건 개신교이건, 개신교라면 고교회이건 저교회이건 간에 배타적으로 자신은 옳고 다른 교파는 틀렸다고 생각하는 사람들, 그리고 바른 행위보다는 생각으로, 행위보다는 말과 기원으로 구원받을 수 있다고 주장하는 사람들. 이들이야말로 무지의 자식들입니다. 이들은 비를 내리지 않는 구름이요, 피와 살이 없는 부패한 독가스와 껍데기만 남은 몸뚱이이며 마귀들이 불어 대는, 이미 부패했고 계속 부패하는 부푼 백파이프입니다. "바람에 몸 부풀고, 악취 나는 안개를 들이마신" 존재입니다.

24. 마지막으로 열쇠의 능력에 관한 구절로 되돌아갑시다. 이제 그 의미를 이해할 수 있습니다. 열쇠의 위력 해석에 있어 밀턴과 단테의 차이점에 주목하십시오. 이번만큼은 단테의 생각이 밀턴의 생각에 미치질 못하는군요. 단테는 두 열쇠 모두 천국의 문을 여는 열쇠라고 생각합니다. 하나는 황금 열쇠요 다른 하나는 은 열쇠인데 모두 성 베드로가 파수꾼 천사에게 준 것으로 생각됩니다. 천국 문에 이르는 세 계단을 이룬 물질의 의미나 두 열쇠의 의미를 결정하는 것은 쉬운 일이 아닙니다. 그러나 밀턴은 황금 열쇠는 천국의 열쇠요 쇠 열쇠는 감옥의 열쇠라고 합니다. 밀턴에 따르면 이 감옥 안에는 "지식의 열쇠는 얻었지만 지식을 얻으러 가지 않은" 사악한 선생들이 간힌다고 합니다.

주교와 목사의 의무는 살피고 먹이는 겁니다. 의무를 다하는 자들에 대해서는 "남을 윤택하게 하는 자는 자신도 윤택해지리라."(「잠언」11:25)라고 쓰여 있습니다. 반대 경우도 마찬가지입니다. 남을 윤택하게 하지 않는 자는 자신도 시들어 죽을 것이요, 남을 돌보지 않는 자는 자신도 다른 이들의 시야에서 차단되어 영원히 교도소에 갇힐 겁니다. 그 교도소는 저승뿐 아니라 이승에도 열려 있습니다. 하늘에서 묶여야 하는 자는 지상에서 먼저 묶이는 법이니까요. 반석─사도가 표상하는 강력한 천사들은 "그를 잡아 손발을 묶어 밖에 내던지라."라는 명령을 받습니다. 이 명령은 선생들이 도움 베풀길 거부하고 진리를 거절하고 거짓을 강요할 때마다 매번 그들에게 적용됩니다. 그래서 선생이 남을 구속하면 구속할수록 자신이 더 심하게 구속당하고 길을 잘못 인도하면 할수록 더 멀리 쫓겨납니다. 그래서 마침내 감방의 쇠창살 뒤에 갇히고 "황금 열쇠가 열 때, 쇠 열쇠는 단단히 닫습니다."

25. 밀턴의 시를 어느 정도 이해했다고 생각하지만 아직도 찾아내야 할 의미가 많습니다. 그래도 축어적 검토를 해 가면서 의미를 충분히 살펴본 것 같습니다. 축어적 검토야말로 독서라고 할 수 있습니다. 강세와 표현을 세세히 살피고 항상 저자의 입장에서 보며, 우리 개성을 지우고 저자의 입장이 되어 "밀턴을 오독하면서 나는 생각했습니다."라고 말하는 것이 아니라 "밀턴이 이렇게 생각했군요."라고 자신 있게 말할 수 있도록 하는 거죠. 이런 과정을 통해서 여러분은 다른 책을 읽을 때도 "나는 이렇게 생각했다."라는 것에 점차 무게를 두지 않게 될 겁니다. 여러분의 생각이 그다지 심각하게 중요하

지는 않다는 사실, 그리고 어느 주제에 대한 여러분의 생각이 가장 명쾌하고 현명한 결론이 아닐 수도 있다는 사실을 인식하게 될 겁니다. 실은 여러분이 매우 특이한 사람이 아니라면 여러분에게 생각이 있다고 말할 수 없다는 사실, 그리고 진지한 문제에 있어서 생각 거리조차 갖고 있지 않다는 사실을 인식하게 될 겁니다.[10] 여러분에게는 생각할 권리는 없고 단지 사실을 더 많이 배우려고 노력할 권리만 있습니다. 그렇습니다. (말했다시피 여러분이 특이한 사람이 아니라면) 평생, 일상적이고 익숙한 문제를 제외하고는 어떤 문제건 그것에 관한 견해를 가질 합법적 권리가 없을 겁니다. 꼭 해야 할 일이 있을 경우 여러분은 반드시 방법을 찾아낼 겁니다. 집을 정리하고 물건을 팔며 밭을 갈고 도랑을 치우는 일에 두 가지 견해는 필요 없습니다. 이런 문제를 해결하는 방법에 대한 견해가 하나가 아니라 여럿이라면 여러분 책임입니다. 이외에도 단 하나의 견해만 필요한 문제들이 하나둘 더 있습니다. 사기와 거짓말은 불쾌한 것이므로 눈에 띌 때마다 당장 매질을 해서 쫓아내야 한다는 것, 탐욕과 다툼을 좋아하는 것은 어린아이일지언정 위험한 기질이며 성인이나 국가에 있어서는 치명적인 기질이라는 것, 그리고 하늘과 땅을 다스리는 하나님께서는 적극적이며 겸손하고 친절한 사람들은 사랑하시고 게으르고 교만하고 욕심 사납고 잔인한 사람들은 싫어하신다는 것 등입니다. 이런 일반적인 사실에 대해서 여러분은 오로지 하나의 견해, 그것도 매우 강력한 견해를 지녀야만 합니다. 그러나

---

10   현대 '교육'은 대개 중요한 모든 문제에 관한 그릇된 사고 능력 부여를 의미한다.— 원주

그 외의 종교성이 강한 정부, 과학, 예술에 대해서는 전반적으로 여러분이 알 수 있는 것이 아무것도 없고 어느 것도 판단할 수 없다는 사실을 깨달을 겁니다. 훌륭한 교육을 받은 사람이라도 잠자코 매일같이 더 현명해지고 다른 사람들의 사상을 조금이라도 알아려고 애쓰는 것이 최선임을 알게 될 겁니다. 여러분이 정직하게 이런 노력을 한다면, 가장 현명한 사람의 사상도 결국은 그의 견해를 피력한 것이 아니라 또 다른 질문에 불과하다는 사실을 곧 알아차릴 겁니다. 난해함에 명쾌한 형태를 입혀서 그들이 결단을 내리지 못한 근거를 보여 주는 게 그들이 할 수 있는 전부입니다. 만약 그들이 "우리의 생각에 음악을 섞어 주고 천상의 의심으로 우리를 슬프게" 할 수 있다면 그들에게도 우리에게도 좋은 일입니다. 제가 여러분에게 읽어 드리는 밀턴이 일류 작가이거나 가장 현명한 부류에 속하지는 않습니다. 그러나 가능한 빈틈없이 보는 사람이라서 그가 전달하려는 의미를 온전히 찾아내는 일은 쉽습니다. 더 위대한 저자의 글은 그 의미의 깊이를 제대로 가늠하기가 어렵습니다. 작가 자신도 미처 측량하지 못할 만큼 의미가 매우 넓기 때문입니다. 여러분께 제가 교회의 권위에 대한 밀턴의 견해가 아니라 셰익스피어나 단테의 견해를 살펴보라고 했다고 가정해 봅시다. 지금 이 순간 두 작가 중 어느 한 쪽의 가장 사소한 견해라도 아시는 분이 계십니까? 『리처드 3세』에서 주교들이 나오는 장면을 크랜머[11]의 성격과 비교해

---

11   캔터베리 주교이면서 기독교 신학자이고 종교 개혁가였던 토머스 크랜머 (Thomas Cranmer, 1489~1556). 셰익스피어의 사극 『헨리 8세』에 등장하는 인물이다.

보신 분 계십니까? 성 프란시스[12]와 성 도미니크[13]에 대한 묘사를 버질이 보고 놀랐던 "영구히 추방당하고 흉측한 책형을 받은(disteso, tanto vilmente, nell' etermo esilio)" 사람의 묘사와 "살인범의 참회를 듣는 신부처럼(come 'l frate che confessa lo perfido assassin)"[14] 단테가 그 옆에 서 있던 남자의 묘사와 비교해 보신 분 계십니까? 셰익스피어와 단테 알리기에리는 인간이 어떤 존재인지 누구보다 잘 압니다. 그들은 세속적 권력과 영적 권력의 전쟁 한가운데에 있었으니까요. 그래서 그들에게 견해가 있다고 생각하시나요? 견해가 어디 있나요? 있다면 법정으로 가져와 보십시오. 셰익스피어와 단테의 신조를 항목별로 정리해서 종교 재판소로 보내 보세요!

26. 다시 말씀드리지만 며칠이 걸려도 위대한 작가들의 진정한 목적과 가르침을 깨닫지 못할 겁니다. 그러나 조금만 정직하게 이들을 연구한다면 여러분은 자신의 판단이라고 여겼던 것이 우연한 편견에 불과하며 난파된 사상이 표류하다가 쓸모없는 잡초에 걸려 마구 엉겨 있는 데 불과함을 알 겁니다. 그렇습니다. 대부분 사람들의 정신은 거친 황무지에 가깝습니다. 황무지는 방치된 채 굳어서 한쪽은 불모지가 되고 다른 쪽은 사악한 억측이라는 치명적인 양치류와 맹독성 풍매

---

12 단테의 『신곡』 중 「천국」 11편 참고. 『신곡』은 인간의 영혼이 죄악으로부터 정화되는 과정을 그린 서사시로 「지옥」, 「연옥」, 「천국」 편으로 이루어져 있다. 단테는 버질의 인도를 받아 지옥과 연옥을 거친 뒤 그의 이상적인 여인인 베아트리체의 인도를 받아 천국으로 인도된다.

13 단테의 『신곡』 중 「천국」 12편 참고.

14 단테의 『신곡』 중 「지옥」 19편 71, 33편 117. — 원주

초가 웃자라 있습니다. 그래서 여러분 자신과 이 독초에게 가장 먼저 해야 할 일은 이곳을 경멸하며 열심히 불을 놓는 겁니다. 송두리째 태워 완전히 잿더미로 만든 후 그곳을 갈고 씨를 뿌리는 일을 해야 합니다. "너희 묵은 땅을 갈고 가시덤불에 파종하지 말라."(「예레미야」 4:3)라는 명령에 순종한 뒤에야 평생이 걸리는 진정한 책을 읽는 일을 시작해야 합니다.

27. 여러분은 위대한 스승들의 사상을 이해하기 위해서 그들의 말에 신실하게 귀 기울여 왔습니다. 이제 더 도약해야 합니다. 바로 그들의 가슴으로 들어가는 일입니다. 분명한 시각을 얻기 위해서 그들에게 다가갔듯이 이제 여러분은 그들의 의롭고 강렬한 열정을 공유할 수 있도록 그들과 함께 머물러야 합니다. 열정이라 할 수도 있고 감각이라고 할 수도 있습니다. 저는 이 단어를 두려워하지 않습니다. 감각 자체는 더더욱 두려워하지 않습니다. 최근에 감각에 대한 비난의 소리를 많이 들었습니다. 필요한 것은 감각을 덜 느끼는 게 아니라 더 많이 느끼는 거예요. 이 사람을 저 사람보다 고상하게 만들고, 이 동물을 저 동물보다 괜찮은 동물로 만드는 차이점은 바로 어느 쪽이 더 많이 느낄 수 있느냐입니다. 우리가 해면이라면 감각을 쉽게 느끼기 어려울 겁니다. 언제라도 삽날에 몸뚱이가 두 동강 날 수 있는 지렁이라면 지나치게 감각적인 것이 좋지 않을 수도 있겠죠. 그러나 인간이기에 감각은 좋은 것입니다. 감각적으로 예민한 만큼 우리는 인간적이며, 명예 또한 그 열정의 크기에 비례합니다.

28. 사자(死者)들의 위대하고 순수한 사회는 "무분별하고

저속한 사람들이 그곳에 들어오는 것을 허용하지 않는다."라고 말씀드렸습니다. 제가 저속한 사람이라고 말할 때 무슨 의미라고 생각하셨습니까? 여러분은 저속함을 어떻게 이해하십니까? 저속함은 깊이 생각해 볼 가치가 있는 유익한 주제입니다. 간단히 말하자면 모든 저속함의 본질은 무감각에 있습니다. 단순하고 악의가 없는 저속함은 그저 심신이 훈련되고 개발되지 못해서 무뎌진 상태로 있는 겁니다. 그러나 진짜 타고난 저속은 끔찍한 무감각 상태입니다. 이 무감각이 극에 달하면 두려움이나 쾌락, 공포, 연민도 없이 온갖 야만적인 습성에 젖어 야만적 범죄를 저지르게 됩니다. 사람이 저속해지는 것은 무딘 손과 죽은 가슴, 병적인 습관, 굳어진 양심 때문입니다. 통속적이긴 하지만 가장 정확한 용어로 표현하자면 촉감, 즉 심신의 촉각을 느끼지 못하거나 민첩하게 반응하지 못하는 정도와 사람이 천박한 정도는 정비례합니다. 촉각은 식물 중에는 미모사에 많고 모든 생물 중에는 순수한 여성에게 가장 많습니다. 이것이야말로 이성을 뛰어넘는 정교하고 풍부한 감각이며 이성을 성화(聖化)하는 이성의 인도자입니다. 이성은 진실만 가려낼 수 있습니다. 하나님께서 선하게 창조하신 것들을 인지하는 것은 하나님께서 인류에게 주신 감각뿐입니다.

29. 이제 사자들이 모여 있는 거대한 중앙 홀로 들어갑니다. 그들로부터 진실만을 알아내기 위해서가 아니라 그들과 함께 정의로운 것을 느끼기 위해서입니다. 함께 느끼기 위해 그들과 같아져야 합니다. 수고하지 않으면 그 누구도 그들과 같아질 수 없습니다. 처음 떠오른 생각이 아니라 훈련받고 시

험을 거친 지식이 진정한 지식인 것처럼, 진정한 열정도 처음 품은 열정이 아니라 훈련받고 시험을 거친 것입니다. 처음에 떠오르고 생겨난 것들은 무분별하고 거짓되어 신뢰할 수 없습니다. 첫 생각과 열정에 마음을 내준다면 공허한 열정으로 헛된 것들을 좇을 것이며 마침내 진정한 목적도 진정한 열정도 전혀 남지 않은 상태까지 멀리 거칠게 내몰리게 될 겁니다. 인류가 느낄 수 있는 감정 자체에 잘못된 것이 있다는 말이 아닙니다. 훈련을 받지 않을 경우 잘못된 것이 된다는 말이죠. 감정은 힘이 있고 정당할 때 고상합니다. 하찮은 명분에 대해 품게 된 감정이나 약한 감정은 그릇된 겁니다. 곡예사가 황금색 공을 던지는 걸 구경할 때 어린아이는 경이감을 느낍니다. 이 경이감은 비천한 것이라 말할 수 있습니다. 그러나 창조주의 손이 밤하늘에 황금색 공을 뿌려놓은 것을 바라보면서 인간의 영혼이 느끼는 경이로움을 비천하다거나 열등한 감각이라고 할 수 있을까요? 금지된 문을 열려는 어린아이나 주인의 일을 몰래 훔쳐보려는 하인의 호기심은 천박합니다. 그러나 위험에 맞서 사막 너머 있는 큰 강의 원류를 찾아내고 바다 너머 있는 거대한 대륙을 찾아 나서는 호기심은 고상한 겁니다. 생명의 강의 근원과 천국이라는 대륙을 찾고자 하는 호기심은 더욱더 고상합니다. 이건 "천사들도 살펴보기를 원하는" 겁니다. 시시한 이야기의 줄거리나 결말을 궁금해하는 호기심은 비천합니다. 숙명과 운명에 휘둘리며 고통스러워하는 국민의 삶을 바라볼 때 여러분이 느끼는 고민이 이와 유사하다고 생각하십니까? 아! 오늘날 영국은 여러분의 감각이 협소하고 이기적이며 사소하다는 사실을 한탄해야 합니다. 화환과 연설, 주연과 향연, 모의 전쟁과 재미난 인형극에 모든 감각을 소진한 채, 여러분은 남녀노소를 불문하고 고귀한 국민이 살해당하는 것을 눈물 한 방울 흘리지 않고 손 하나 까딱하지 않은 채 그저 바라만 보고 있습니다.

30. 감각의 사소함과 이기주의라고 말씀드렸지만 감각의 부정과 불의가 더 정확한 표현 같습니다. 신사(紳士)가 저속한 사람과, 고상한 국민(이런 국민이 존재했었지요.)이 군중과 가장 뚜렷하게 구별되는 점은 그들의 감정이 지속적이고 의로우며 합당한 숙고와 동일한 사고의 결과라는 겁니다. 군중을 부추겨서 무슨 일이든지 하도록 만들 수 있습니다. 군중의 감정이 대체로 관대하고 옳을 수도 있습니다. 그러나 그들에겐 감정의 토대나 지지대가 없습니다. 그래서 그들의 감정을 괴롭히거나 비위를 맞춰서 여러분이 원하는 대로 무슨 일이든 하게 할 수가 있습니다. 군중은 대부분 감기에 걸리듯 열정에 사로잡히며 생각에 감염됩니다. 그래서 발작이 나면 아주 사소한 일에도 날뛰고 고함 지르고, 발작이 지나가면 아무리 큰일이었더라도 한 시간 안에 모두 잊습니다. 그러나 신사나 점잖은 국가의 열정은 바르고 균형 잡혀 있으며 지속적입니다. 예를 들어 훌륭한 국가는 악당이 저지른 살인 사건의 증거를 판단하느라 온 국민의 지혜를 두 달간 허비하지 않습니다. 위대한 국가는 국민들이 하루에 수천수만 명씩 서로 살해하는 걸 이년간 바라만 보고 잘잘못은 가리지 않은 채 그 현상이 면화 가격에 미치는 영향에만 신경 쓰지 않습니다. 위대한 국민은 호두 여섯 알을 훔쳤다고 가난한 어린 소년을 감옥에 보내지 않으며, 파산한 자들이 머리 한 번 숙여서 수십만 파운드를 도적질하게 놔두지 않습니다. 가난한 사람들의 저축으로 부자

가 된 은행가들이 "피치 못할 사정으로" "양해를 구하며" 은행 문을 닫도록 내버려 두지 않습니다. 무장한 증기선을 타고 중국해를 오르내리면서 대포 총구로 마약을 팔고, "돈을 내놓겠나, 목숨을 내놓겠나?"라는 노상강도의 상투적 협박을 "돈도 내놓고, 목숨도 내놓으시지."라는 외국인 특전으로 바꿔 떼돈을 번 자들이 대규모 토지를 매입하도록 내버려 두지도 않습니다. 위대한 국민은 지주에게 소작인 일인당 6펜스에 달하는 추가 주급을 주려고 죄 없는 가난한 사람들이 안개 열로 말라 죽고 거름더미 역병으로 썩어 죽도록 내버려 두지 않습니다.[15] 위대한 국민은 살인자를 살려 달라고 간구하면서 가증한 동정을 베풀고 눈물을 짜면서 생명을 소중히 아껴 돌봐야 하지 않겠냐고 논쟁하지도 않습니다. 또한 위대한 국가는 교수형이 일반적으로 살인죄에 대한 가장 온전한 처벌이라는 생각을 굳혔어도 자비심을 가지고 살인죄의 경중(輕重)을 구별할 줄 압니다. 그리고 위대한 국가는 정신이 온전치 못한 가없은 소년의 핏자국을 따라가다 추위에 얼어붙은 늑대 새끼들처럼 울부짖지 않습니다. 아비의 목전에서 딸을 총검으로 찔러 죽이고 시골 도축자가 어린 양을 죽이는 것보다 빠르고 태연하게 고귀한 젊은이를 죽이는 살인자에게는 왕의 특사를 파견해서 전갈을 보내는 예의를 갖추면서 "극도로 혼란에 빠진" 백발의 얼간이 오셀로처럼 울부짖지 않습니다. 마지막으로 위대한 국가는 돈에 대한 사랑을 만악의 근본으로 가르치는 계시의 말씀을 믿는 척하면서 돈에 의해서만 국가적으로 행동을 개시하거나 그럴 생각을 한다고 공표해서 하늘과 하

---

15   강연집 끝에 있는 주석(50.)을 보라. ― 원주

늘의 권능을 조롱하는 짓은 하지 않습니다.

31. 친애하는 여러분, 저희가 왜 독서에 관해 논해야 하는지 모르겠습니다. 우리에겐 독서보다 가혹한 훈련이 필요합니다. 그러나 어쨌든 우리가 독서를 하지 못하고 있다는 사실은 분명히 알아 두십시오. 마음 상태가 이런 국민은 독서를 할 수 없습니다. 우리들은 위대한 작가가 쓴 문장 하나도 제대로 이해하지 못합니다. 오늘날 영국 대중이 뜻깊은 글을 이해하는 일은 전적으로 불가능합니다. 영국 대중은 광적인 탐욕에 사로잡혀 사고를 할 수 없게 됐습니다. 그런데 다행히 우리가 앓는 이 질병이 아직은 구제 불가능할 정도로 심하지 않습니다. 아직은 본성이 부패할 지경까지 병이 깊어지지는 않았습니다. 무엇이든 심금을 울리는 게 있다면 우리는 여전히 진실해질 가능성이 있습니다. 뭐든 벌이가 돼야 한다는 생각에 우리의 모든 목적이 너무 깊이 감염됐습니다. 그래서 착한 사마리아인 역할을 할 때조차 "내가 다시 올 때 당신이 내게 4펜스를 줘야 할 거요."[16]라는 말을 하고서야 2펜스를 주머니에서 꺼내 여관 주인에게 줄 정도지만 우리 마음 깊은 곳엔 아직도 고귀한 열정이 남아 있습니다. 이 열정이 전쟁에서 보입니다. 그리고 끝없는 공적 잘못에 대해서는 관대하면서 누구든 내

---

16 「누가복음」 10:29~37에 기록된 착한 사마리아인 비유를 인용한 구절이다. 강도를 만난 사람이 죽게 되어 길에 쓰러져 있는데 그 길을 지나가던 유대 사회의 종교적 지도자들은 그를 외면하고 당시 유대인들에게 멸시당하던 한 사마리아인이 도와주는 이야기다. 사마리아인은 그 사람의 상처를 싸매 주고 주막으로 데리고 가서 돌봐 준다. 이튿날 길을 떠나며 주막 주인에게 2데나리온을 주며 그 사람을 돌봐 줄 것을 부탁하고 비용이 더 들면 돌아오는 길에 갚겠다고 약속한다.

가족에게 사소한 잘못이라도 저지르면 분노하는 부당한 가족 애착 관계에서도 보입니다. 노동자의 인내심에 도박자의 분노까지 있지만 그래도 영국인들은 하루의 마지막 시간까지 근면히 지냅니다. 전쟁의 명분을 분별할 능력은 없지만 아직도 죽음을 불사할 만큼 용감합니다. 바다 괴물과 바위 독수리처럼 혈육에 대한 애정은 죽음도 두려워하지 않을 만큼 진실됩니다. 이런 나라에도 희망은 있습니다. 명예(어리석은 명예일지라도)와 사랑(이기적인 사랑일지라도) 그리고 일(비천한 일일지라도)을 위해 기꺼이 목숨을 바칠 준비가 된 나라에는 희망이 있습니다. 그런데 오직 희망뿐입니다. 본능적이고 무모한 미덕은 오래갈 수 없기 때문입니다. 아무리 마음이 관대한들 스스로를 군중으로 만드는 국민은 존속할 수 없습니다. 국민은 열정을 훈련하고 통제해야 합니다. 그러지 않으면 언젠가 열정이 전갈 채찍으로 변하여 국민을 훈련시킬 겁니다. 무엇보다도 돈만 벌면 그만인 군중인 국민은 지속할 수 없습니다. 문학, 과학, 예술, 자연, 연민을 무시하고 영혼이 돈 생각으로 가득한 국민은 벌을 면할 수 없고 존속할 수도 없습니다. 말이 심하거나 거칠다고 생각하십니까? 그러나 조금 더 제 말을 들어 주십시오. 제가 옳다는 걸 조목조목 증명해 보이겠습니다.

32. 먼저 우리 국민이 문학을 업신여긴다는 말씀을 드립니다. 한 국가로서 우리는 책을 얼마나 사랑합니까? 우리가 말[馬]에 쏟는 비용과 비교해 봅시다. 공적이든 사적이든 책에 드는 비용이 얼마라고 생각하십니까? 자기 서재에 돈을 아낌없이 쏟아 붓는 사람이 있으면 그 사람을 미쳤다고 합니다. 서적 수집광(狂)이라고 부르지요. 그러나 매일같이 사람들이

말 때문에 망해도 말에 미친 사람이라고 부르지 않습니다. 그런데 책 때문에 망한 사람이 있다는 소리는 들어 본 적이 없지 않습니까? 이 나라 전국의 와인 저장고에 있는 와인과 비교했을 때 공적이든 사적이든 대영 제국의 서가에 꽂혀 있는 책값이 얼마나 될 거라 생각합니까? 호사로운 음식 비용과 비교해서 책에 드는 비용은 얼마일까요? 우리는 육신의 양식만큼이나 마음의 양식에 대해서도 이야기합니다. 양서에는 마음의 양식이 무진장 들어 있습니다. 생명의 양식으로서 가장 중요한 양식입니다. 그러나 최고의 책을 구입하려고 큰 가자미 한 마리 가격에 해당하는 돈을 지불하기 전에 그 책을 얼마나 오랫동안 들여다보면서 망설이는지요. 책 한 권을 사기 위해 먹지도 입지도 못하는 사람이 있다 한들 그토록 어렵게 책을 구입한 비용이 보통 사람들의 저녁 값보다 낮을 겁니다. 게다가 책 한 권을 사기 위해서 그런 시련을 겪는 사람은 거의 없습니다. 그런 만큼 안타까운 일입니다. 소중한 것은 애쓰고 절약해서 얻었을 때 더 소중한 법이니까요. 공식 만찬 비용의 절반이라도 공공 도서관에 투자하고 책값이 팔찌 가격 십분의 일이라도 된다면, 어리석은 사람이라도 독서가 음식이나 보석만큼 좋다는 생각을 가끔 할 겁니다. 그런데 책값이 싸니 현명한 사람조차 읽을 가치가 있는 책은 구입해서 소장할 가치도 있다는 사실을 잊어버립니다. 가치가 대단하지 않은 책은 아무런 가치도 없습니다. 읽고 또 읽고 애독하고 또 애독하고 표시가 되어 있어서 당신이 원하는 문구를 언제든 참조할 수 있어야만 책은 가치가 있습니다. 병사가 무기고에서 필요한 무기를 집어 들거나 주부가 창고에서 필요한 향신료를 가지고 나올 수 있는 것처럼 말입니다. 밀가루 빵은 맛이 좋지요. 그러나 우리가 먹으려고 들기만 하면 좋은 책 안에는 꿀처럼 달콤한 빵이 들어 있습니다. 한없이 늘어날 수 있는 이 보리떡[17]을 일생에 단 한 번도 살 수 없는 가정이라면 정말 가난한 가정이 틀림없습니다. 우리는 스스로 부유한 국민이라고 말합니다. 그러나 순회도서관에서 빌린 책의 책장을 지저분하게 넘겨 가며 볼 정도로 우리는 더럽고 어리석은 국민입니다.

33. 우리는 과학을 경멸해 왔습니다. "무슨!(하고 여러분은 외칩니다.) 모든 분야에서 우리가 선두가 아닌가요? 전 세계가 우리나라 발명의 합리성 내지는 불합리성 때문에 정신없어 하지 않나요?"라고 묻습니다. 네, 그렇습니다. 그런데 그걸 국가가 이룬 사업이라고 생각하십니까? 그 사업은 개인의 열정과 비용을 들여서 이룬 업적입니다. 우리는 정말이지 과학으로 이윤 내는 걸 좋아합니다. 과학이라는 뼈에 고기 살점이라도 붙어 있으면 가리지 않고 물어뜯습니다. 그러나 과학자가 우리에게 사소한 것이라도 얻으러 온다면 이야기는 전적으로 달라집니다. 과학을 위해서 우리가 공적으로 한 일이 무엇입니까? 선박의 안전을 위해서는 시간을 알아야 합니다. 그래서 천문대 유지비를 대고 있는 거지요. 우리는 국회를 통해서 매년 마지못해 대영 박물관에 재정을 찔끔찔끔 대 줍니다. 우리 자녀들이 즐거워하는 박제된 새들을 보관하는 장소라

---

17 「마태복음」, 14:13~21에 기록된 오병이어의 기적에 나오는 보리떡을 말한다. 5000명에 달하는 사람들을 예수님이 보리떡·다섯 개와 물고기 두 마리로 먹인 기적이다. 예수님이 하늘을 우러러 오병이어를 축사하고 떡을 떼어 제자들에게 주어 무리에게 나눠 주니 무리가 다 배불리 먹고 남은 조각이 열두 바구니나 되었다고 한다.

는 걸 어쩔 수 없이 인정하기 때문이지요. 어떤 사람이 망원경을 사서 다른 은하를 관찰하면 우리는 국가가 그 발견을 한 것처럼 떠벌립니다. 사냥을 즐기는 지주 만 명 가운데 한 사람이 토지의 존재 목적이 여우 사냥을 위한 것만은 아니라는 사실을 불현듯 깨닫고 직접 토지 연구에 몰입해 금과 석탄의 매장지를 알아낸다면 우리는 그것이 유익한 일임을 인정합니다. 그리고 매우 합당하게 그에게 기사 작위를 수여합니다. 그렇다고 해서 그가 이룬 유익한 업적을 우리의 공이라고 내세울 수 있나요?(이것을 우리 공이라고 한다면, 다른 지주들이 이런 발견을 하지 못한 것은 우리의 망신이지요.) 이런 일반화에 동의하기가 어려우시면, 여기 깊이 생각해 볼 만한 일화가 있습니다. 과학에 대한 우리의 열의를 잘 보여 주는 일화지요. 이년 전 졸른호펜에서 수집된 화석이 바바리아에서 팔리게 되었습니다.[18] 이 화석은 현존 화석 중 최고(最高)로, 특이할 정도로 완벽한 표본들이 많이 들어 있고(알려지지 않은 생물로 이루어진 왕국 전체를 보여 주는 화석들이기에) 한 종의 예로서는 유래 없는 독특한 표본들이 들어 있었습니다. 이 화석 수집품의 시장 가격은 개인 구매가들 사이에서 1000에서 1200파운드 정도였는데 영국에는 700파운드에 팔겠다는 제안이 들어왔습니다. 그러나 우리나라는 700파운드를 지불하려 하지 않았습니다. 만약 오언 교수[19]가 자기 시간을 내서 직접 영국민의 대표인 국회

18   독일 바바리아 지역의 한 채석장에서 공룡과 새의 중간 화석이 1861년에 발견되었다.

19   오언 교수의 허락 없이 이 사실을 적는다. 허락을 요청했다면 예의상 거절하셨을 것이다. 모두가 이 사실을 아는 것이 매우 중요하다고 여겨 무례할지라도 옳다고 여기는 일을 한다.— 원주

를 끈질기게 괴롭혀 마침내 일시불로 400파운드를 지불하고 나머지 300파운드는 자신이 책임진다는 허락을 받아내지 않았더라면 그 화석 수집품은 지금쯤 뮌헨 박물관에 소장되어 있을 겁니다. 나머지 300파운드를 영국 국회가 오언 교수에게 지불해 줄 겁니다만 기분 좋게 주지는 않겠지요. 국회는 이 문제에 대해서 내내 아무 신경도 쓰지 않을 거고요. 그러나 무슨 공이라도 내세울 기회가 된다면 소란스럽게 떠들어 대겠지요. 이 사실이 무엇을 의미하는지 산술적으로 생각해 보십시오. 공적 사업을 위해 이 나라가 연간 지출(그중 삼분의 일은 군비입니다.)하는 금액이 적어도 5000만 파운드입니다. 5000만 파운드에 700파운드는 대략 2000파운드당 7펜스에 해당하는 금액입니다. 그럼 한번 생각해 보십시오. 수입을 정확히 알 수 없는 신사분이 있습니다. 그 사람이 얼마나 부유한지는 장원의 담과 하인을 유지하는 데 쓰는 돈이 연간 2000파운드라는 사실로 추측할 수 있습니다. 그런데 그 신사는 자기가 과학을 좋아한다고 공공연히 말합니다. 하인 하나가 열심히 달려와서 언제 세상이 창조되었는지 새로운 단서를 제공해 주는 아주 독특한 화석 수집품이 영국화 7펜스에 나왔다고 알려 줍니다. 그런데 과학을 사랑하고 일 년에 2000파운드를 장원에 쏟아 붓는 그 신사는 몇 달씩이나 하인을 기다리게 한 후에 말합니다. "그래, 내가 4펜스를 줄 테니 나머지 3펜스는 내년까지 네가 어떻게 해 보거라!"

34. 여러분은 예술을 경멸해 왔습니다. "무슨 소리!"라고 답하겠지요. 또 "이 나라에 전시된 예술품만 줄 세워도 수킬로미터가 넘을걸요? 그림 한 점에 수천 파운드를 지불하는

데요? 다른 나라에선 유래를 찾아볼 수 없을 만큼 예술 학교와 예술 단체들이 많은데요?"라고 물을 겁니다. 네, 그렇습니다. 그런데 이건 모두 장사를 위한 거죠. 여러분은 석탄을 팔듯이 캔버스를 팔고 싶어 합니다. 철을 팔듯이 도자기를 팔고 싶어 하고요. 할 수만 있다면 다른 나라 국민의 입에서 빵마저 뺏으려고 할 겁니다.[20] 그런데 그럴 수 없으니 여러분이 생각하는 이상적인 삶은 전 세계의 대로변에 서서 러드게이트의 수습생들처럼 지나가는 사람들에게 "필요한 거 없으세요?"라고 외치는 겁니다. 여러분은 자신의 능력이나 주변 환경에 대해 아는 것이 없습니다. 물을 잘 댄 평평하고 비옥한 땅에 살면서, 햇볕에 구릿빛이 된 포도나무 가운데 사는 프랑스인이나 화산 폭발로 생긴 절벽 밑에 사는 이탈리아인들처럼 민첩한 예술적 상상력을 지닐 수 있다고 상상할 뿐입니다. 그리고 예술도 부기(簿記)처럼 배울 수 있으며 한번 익혀 두면 기록할 부기장이 늘어나리라는 환상을 품고 있습니다. 여러분은 그림을 좋아하지만 창문 하나 없이 꽉 막힌 벽에 붙이는 광고 포스터에 갖는 정도의 관심이 분명합니다. 벽에 광고 포스터를 붙일 공간은 언제나 있습니다만 그림을 감상할 공간은 전혀 없지요. 여러분은 풍문으로나마 이 나라에 어떤 그림이 있는지도 모릅니다. 그 그림들이 진품인지 모조품인지, 관리는 잘되고 있는지도 모릅니다. 세계에서 가장 고귀한 그림들이 다른 나라에서 전쟁의 폐허 가운데 썩어 가는 걸 보고만 있습

---

20 "모든 무역의 독점"이 '자유 무역'에 관한 우리의 생각이다. 이제는 '경쟁'을 통해 다른 사람들도 당신만큼 무역을 할 수 있다는 것을 안다. 그래서 이제 다시 보호 무역을 외친다. 가련한 사람들! — 원주

니다.(베니스에서 오스트리아군의 총포가 의도적으로 이런 작품들이 소장되어 있는 궁전들을 겨냥하고 있습니다.) 유럽에 있는 티치아노[21]의 그림이 모두 내일 오스트리아 요새의 총알받이가 된다는 소식을 들어도 여러분은 그날 사냥 바구니에 사냥감 한두 마리가 줄어든 것만큼도 아깝게 여기지 않습니다. 이것이 여러분이 말씀하시는 이 나라의 예술 사랑입니다.

35. 여러분은 자연을 무시해 왔습니다. 자연 경관에서 받는 심오하고 성스러운 감수성을 모두 무시했다는 말씀입니다. 프랑스 혁명으로 프랑스의 대성당들은 마구간이 되었고, 여러분은 이 땅의 대성당들을 경마 코스로 만들었습니다. 여러분이 생각하는 유쾌함은 기차를 타고 대성당의 통로를 지나는 것과 제단을 식탁 삼아 식사하는 것을 포함합니다. 샤프하우젠 폭포 위에 철교를 놓았지요. 텔 예배당 옆 루체른 절벽에 터널을 뚫었고요. 제네바 호수의 클라렌스 호반을 파괴했습니다. 영국의 조용한 계곡은 거대한 대포 소리로 가득하고 석탄재로 채우지 않은 영국 땅이 한 치도 남아 있지 않습니다. 외국 도시의 아름다운 옛 거리와 즐거운 공원마다 들어선 나병같이 하얀 새 호텔 건물과 향수 가게들은 그곳에 여러분이 있다는 증거입니다. 알프스 산맥만 해도 그렇습니다. 이 나라 국민이 그렇게도 존경하며 사랑하던 산을 곰 사육장의 비누칠한 막대기 정도로 여기고는 그곳에 올라가서 즐거운 비명

---

21   티치아노 베첼리오(Tiziano Vecellio, 1488~1576). 16세기에 활동한 이탈리아 화가로서 초상화, 풍경, 신화나 종교적 주제에 두루 뛰어났고, 특히 색을 사용하는 그의 기법은 당대 이탈리아 르네상스뿐 아니라 후대 서양 예술 전반에 지극한 영향을 주었다.

을 지르며 미끄럼을 탑니다. 비명을 지르다 못해 목이 쉬어 즐 겁다는 말조차 할 수 없게 되면 그 고요한 알프스 계곡의 정적 을 화약의 폭음으로 채웁니다. 그러고는 자부심에 얼굴이 벌 겋게 달아오르고 자기만족에 취해서 심한 딸꾹질을 하며 서 둘러 돌아옵니다. 이런 사건들의 본질적 의미를 헤아려 볼 때, 인간의 가장 슬픈 모습은 다음 두 가지입니다. 하나는 샤모니 계곡에 있던 영국 폭도들로서, 그들은 녹슨 유탄포를 쏘며 즐 거워했습니다. 또 다른 하나는 취리히의 스위스 포도 수확자 들인데 그들은 "포도원 망루"에 삼삼오오 모여 아침부터 저녁 까지 대형 권총을 천천히 장전하고 발사하면서 포도 수확에 대해 하나님께 감사를 드렸습니다. 의무의 개념이 모호한 것 도 유감스럽지만 유쾌함의 개념이 이렇게 모호하다니 더욱 유감스럽습니다.

36. 마지막으로 여러분은 연민을 무시합니다. 이 사실을 증명하기 위해 제 생각을 말할 필요는 없습니다. 저는 신문 기 사를 오려서 서랍장에 넣어 두는 버릇이 있는데, 그 기사 중 하나를 읽어 드리기만 하면 될 겁니다. 올 초 《데일리 텔레그 래프》에 실렸던 기사입니다. 부주의하게도 제가 날짜 기입을 깜빡했지만 기사 뒷면에 "어제 성 바울 성당에서 리폰 주교가 주관한 올해 일곱 번째 특별 예배가 거행되었다."라는 공지가 있어서 날짜를 쉽게 찾을 수 있습니다. 게다가 그 일자 신문 에 현대 정치 경제에 관한 꽤 훌륭한 기사도 실렸는데 기록할 가치가 있다는 생각이 들어서 각주에 적겠습니다. 지금은 주 요 사건 기사에 집중하겠습니다. 요즘도 다반사로 일어나는 사건을 다룬 기사입니다. 검시관에게 보내는 편지글이었으니

붉은 펜으로 적어야겠군요. 사망 기록부에 붉은색으로 기록되어 있는 사실입니다. 교양이 있건 없건 누구나 언젠가는 그 인생의 마지막이 이 책에 붉은색으로 기록된다는 점을 명심하십시오.

금요일, 스피털필즈에 있는 크라이스트처치의 화이트호스 주점에서 58세인 마이클 콜린스의 사망에 관한 심문을 검시관 대리인인 리처즈 씨가 주관했습니다. 행색이 초라한 메리 콜린스라는 여인은 크라이스트처치의 콥스코트 2번지에 있는 단칸방에서 고인과 아들과 함께 살았습니다. 고인은 장화 '수리공'이었습니다. 증인인 여인이 낡은 장화를 사 오면 고인과 그의 아들이 수리해서 멀쩡한 장화로 만들어 놓습니다. 그러면 증인이 가게에 가서 장화를 팔았는데 받는 값이 형편없었습니다. 입에 풀칠하고 한 주에 2실링 하는 방값을 지불하고 살림을 꾸려 가기 위해 고인과 아들은 밤낮없이 일을 했습니다. 금요일 밤, 고인이 작업대에서 일어나더니 몸을 떨기 시작했습니다. 그는 수리하던 장화를 떨어뜨리면서 "내가 죽으면 누구든 이 일을 마무리해야 할 거야, 나는 더 이상 못 하겠어."라고 말했습니다. 온기라고는 없던 그곳에서 고인은 "몸이 따뜻해지면 좋겠어."라고 말했답니다. 그러고 증인은 수선된 장화 두 켤레를 들고 나가 상점에 팔았지만 두 켤레 값으로 고작 14페니밖에 받질 못했습니다. 상점 주인이 "우리도 이윤을 내야 할 것 아니오."라고 말했기 때문이지요. 증인은 석탄 14파운드와 약간의 끼니거리를 사 왔습니다. 아들은 돈을 벌기 위해 밤새 '수선'을 했으나 고인은 토요일 오전에 숨을 거뒀습니다. 이 가족은 제대로 식사를 한 적이 한 번도 없었습니다.

검시관　당신네들이 구빈원에 들어가지 않은 것이 개탄스럽군요.

증인　보잘것없는 집에서라도 가정의 안락함을 누리고 싶었습니다.

배심원이 무슨 안락함이냐고 물었습니다. 그 방엔 성긴 짚단과 깨진 유리창밖에 없었기 때문입니다. 증인은 울면서 누비이불 한 채와 다른 살림살이도 있다고 했습니다. 고인은 구빈원엔 가지 않겠노라고 말했답니다. 계절이 좋은 여름철엔 한 주에 10실링 정도 수익을 내는 때도 있었습니다. 그럴 때는 늘 다음 주를 대비해서 돈을 저축했답니다. 수입이 좋은 주의 다음 주는 대개 수입이 형편없었으니까요. 겨울철엔 여름의 절반도 수입을 내지 못했습니다. 지난 삼 년간 그들의 형편은 점점 나빠지기만 했습니다. 아들인 코닐리어스 콜린스는 1847년부터 아버지 일을 도왔다고 했습니다. 부자는 밤이 꽤 깊을 때까지 일을 해서 둘 다 시력을 거의 잃은 상태였습니다. 아들도 눈에 막이 끼어 있었습니다. 오년 전 고인이 교구에 보조 신청을 한 적이 있습니다. 빈민 구제 담당자는 빵 1.8킬로그램을 주면서 다시 왔다가는 "돌을 캐는 일"이 주어질 거라고 했습니다. 그 말에 넌더리가 난 고인은 그 후로는 아무것도 요청하지 않았습니다. 가족의 형편은 점점 더 어려워지고 마침내 지난 주 금요일엔 수중에 양초 살 돈 반 페니도 없었습니다. 그러자 고인은 짚단 위에 누워서 아침까지 버틸 수 없겠다는 말을 했습니다.

배심원　당신도 굶어 죽어 가고 있으니 여름까지는 구빈원에 들어가야 합니다.

증인　그곳에 들어가면 우리는 필경 죽을 거예요. 여름에 거기서 나오면 우리는 하늘에서 뚝 떨어진 사람 같겠죠. 우리를 알아보는 사람도 하나 없을 거고 들어가 살 방도 없을 테니까요. 먹을 음식만 있다면 지금이라도 일을 할 수 있어요. 시력도 좋아질 겁니다.

G. P. 워커 의사 선생은 고인의 사인은 실신으로, 영양실조에 진이 빠져 죽은 거라고 했습니다. 고인에겐 덮을 이불도 없었습니다. 넉 달 동안 빵 외에 먹은 게 없었습니다. 그 사람 몸에 기름기라곤 찾아볼 수 없었습니다. 질병도 없었습니다. 그러나 의료적인 보살핌을 받았더라면 실신은 면했을 겁니다. 검시관이 그 사건의 참담함을 진술하자 배심원이 판결을 내렸습니다.

"고인은 식량 및 생존에 필수적인 물품의 결핍, 그리고 의료적 보살핌의 부족으로 사망했다."

37. 여러분은 "왜 증인은 구빈원에 가지 않으려는 걸까?" 라는 질문을 합니다. 글쎄, 돈 없는 사람들은 부자들과 달리 구빈원에 대해 편견이 있는 것 같습니다. 물론 정부에서 연금을 받는 사람들도 규모가 큰 구빈원에 들어가는 것과 한가지겠지요. 단지 부자들의 구빈원에서는 노동을 시키지 않으니 놀이터라 부르는 게 맞겠습니다. 그런데 가난한 사람들은 그냥 혼자 죽기를 원하는 것처럼 보이네요. 만약 가난한 자들의 구빈원을 멋지고 쾌적한 놀이터로 만들고, 집에서 연금을 타도록 해 주고, 공금도 살짝 유용하도록 허용한다면 구빈원에 대한 그들의 생각도 편해지겠지요. 사실 구빈원에서 받는 대접이 모욕적이고 고통스러워서 그곳에 가느니 차라리 죽기를 택하는 것이니까요. 또는 제3의 대안으로, 가난한 사람들을

매우 무지하고 어리석은 상태로 버려둬서 무엇을 해야 할지 무엇을 요구해야 할지도 모르는 채 야수처럼 말도 못 하고 굶게 하는 겁니다. 여러분은 연민을 경멸합니다. 그렇지 않다면 기독교 나라의 대로변에서 살인이 있을 수 없듯이 일간지에 이런 기사가 나오는 일은 없어야 합니다. 제가 "기독교 나라"라고 했나요? 세상에, 이 나라가 기독교를 전혀 모르는 비기독교 나라라도 건전한 나라였다면 이런 일은 일어나지 않았을 겁니다. 이런 범죄가 가능한 이유는 우리가 상상 속의 기독교를 믿기 때문입니다. 우리는 자신의 신앙에 빠져 흥청거리고 탐닉하면서 종교적 음란을 즐기고 있습니다. 신앙도 다른 것들과 마찬가지로 허구로 장식하면서 말입니다. 오르간 소리와 예배당 통로, 새벽 예배, 저녁 부흥회 같은 것이 빚어내는 연극적인 기독교 말입니다. 「사타넬라」, 「로베르트」, 「파우스트」에서 악마를 다루는 연극과 기독교에 대한 조롱을 두려움 없이 섞어 버리는 유의 기독교 말입니다. 이런 짓을 하면서 우리는 배경 효과를 위해 격자창 뒤에서 찬송을 부르고, 기도를 흉내 내어 조를 바꿔 가면서 「주여(Dio)」를 기술적으로 계속 변주하지요. 그다음 날엔 하나님의 이름을 망령되이 일컫지 말라는 제3계명에 관한 내용인 듯한 소책자를 배부해서 사람들의 무지한 맹세를 막으려고 합니다. 가스등이 비치듯 흐릿하고, 가스등 불빛에 영감을 얻은 듯 감상적인 기독교를 두고 우리는 의기양양해하며, 이런 기독교를 논박하는 이교도들이 우리 겉옷 끝자락이라도 만지는 게 싫어서 옷자락을 걷어 올립니다. 그러나 평이한 영어나 행위로 평범한 기독교 의(義) 중 하나라도 실천하려고 할 때, 그리고 기독교적 가르침을 삶의 원칙으로 삼고 국가의 행위나 소망을 그 가르침 위에

세우려고 할 때면, 우리는 우리의 신앙이 어떤지를 분명히 알게 됩니다. 현재 영국의 종교에서 진정한 행위나 열정을 바라느니 차라리 분향대 연기에서 번개가 치길 바라는 것이 현실적일 겁니다. 연기와 오르간을 모두 없애는 편이 나을 겁니다. 게다가 고딕 창문, 성화가 그려진 유리창, 이 모든 걸 소품 담당자에게 맡기고 여러분은 건강하게 호흡하고 탄화수소에 대한 환상을 버리고 대문 계단에 앉아 있는 나사로[22]를 돌보십시오. 한 손이 다른 손을 만나 도움의 손길을 주는 곳에 진정한 교회가 있고 이런 교회야말로 지금까지 존속해 왔고 앞으로도 존속할 유일하게 성스러운, 어머니 같은 교회입니다.

38. 거듭 말씀드리지만 우리는 이 모든 즐거움과 미덕을 국가적 차원에서 경멸합니다. 물론 그러지 않는 분도 계십니다. 바로 그런 분들이 하는 작업과 용기 그리고 삶과 죽음이 있기에 우리들이 삶을 이어 가고 있습니다. 그런데도 그분들께 감사를 표하는 법이 없습니다. 여러분이 무시하고 까맣게 잊고 사는 그분들이 아니면 여러분이 누리는 부유와 오락과 자부심은 있을 수 없습니다. 밤이 새도록 어두운 골목을 돌며 범죄를 감시하면서 언제라도 머리를 두들겨 맞아 평생 불구로 살 위험이 있는데 감사의 말 한 번 듣지 못하는 경찰관, 성난 바다와 맞서 씨름하는 선원, 책이나 작은 유리 실험관을 조용히 응시하며 생각하는 학생, 마부에게 걷어차이며 절망적

---

22 「누가복음」 16:19~31에 기록된 거지의 이름. 부자의 대문 앞에 버려진 채 부자의 상에서 떨어지는 것으로 배불리려 하던 나사로는 죽어 천국에서 유대인의 조상인 아브라함의 품에 안기고 부자는 고통당한다. 나사로의 손끝에 물 한 방울 묻혀 보내 갈증을 풀어 달라는 부자의 부탁을, 아브라함은 거절한다.

으로 마차를 끄는 말들과 다를 바 없이 칭찬 한번 듣지 못하고 변변치 못한 빵을 먹으며 주어진 일을 묵묵히 하는 일반 노동자들. 이분들 덕에 영국이 살아갑니다. 그러나 이 분들이 영국은 아닙니다. 이들은 정신은 죽었지만 여전히 옛 습관에 맞추어 격렬하고 꾸준하게 움직이는 영국의 몸통과 신경에 불과합니다. 영국 국민의 정신과 목적은 즐거움을 누리는 겁니다. 영국 국민에게 종교란 교회 의식을 거행하는 것이고 졸린 진리(혹은 비진리)를 설교함으로써 이 자리에 모인 우리 같은 사람들은 여전히 삶을 즐기면서 노동자로 하여금 조용히 지속적으로 노동하도록 붙들어 매는 겁니다. 우리는 오락을 즐기려는 욕구에 들떠 열병에 걸리고 목이 바싹바싹 마르고 눈이 돌아가고 무분별하고 무절제하고 무자비해집니다.

39. 사람들이 자신에게 주어진 일을 성실히 수행하면, 과실을 맺는 꽃에서 색색 꽃잎이 자라나듯 그들의 노동에서 즐거움이 자랄 겁니다. 사람들이 신실하게 도움을 주고 연민을 느끼면 감정이 안정되고 깊어지며 지속적이고 영원해져서 영혼이 소생합니다. 자연스러운 맥박이 육체의 생명을 유지하듯 말입니다. 그러나 일다운 일이 없는 우리는 모든 남성적 에너지를 돈벌이하는 거짓된 일에 쏟아 붓고 있습니다. 진실한 감정도 느끼지 못해서 거짓된 감정에 옷을 입혀 데리고 노는데, 그나마 아이들이 인형을 가지고 노는 것처럼 순수한 놀이를 하는 것이 아니라 몰래 죄를 짓듯 하고 있습니다. 우상 숭배를 하는 유대인들이 남이 알지 못하는 은밀하고 깊은 동굴 벽에 그림을 그려 놓고 즐기는 것처럼 말입니다. 우리는 스스로 구현하지 않는 정의를 소설이나 무대 위에서 흉내 냅니다.

우리가 파괴한 자연의 아름다움을 무언극 속의 변신으로 대체하고 (인성은 '모종의' 경외와 슬픔을 요구하기 마련이므로) 동포와 함께 나눠야 할 고귀한 슬픔 대신 즉결 재판소에서 값싼 동정을 베풀고, 동포와 함께 흘려야 할 순수한 눈물 대신 묘지의 밤이슬에 옷을 적시는 걸로 만족합니다.

40. 이런 일의 진정한 의미를 추정하기는 어렵습니다. 사실들은 꽤 끔찍한데 여기 연루된 국가적 오류는 처음에 본 것만큼 대단하지는 않습니다. 하루에도 수천 명이 죽어 나가게끔 하거나 그런 일이 일어나게 놔둡니다만 그런 해를 끼칠 의도는 없었습니다. 집에 불을 지르거나 농민의 밭을 약탈하고 있는 셈이지만 누군가에게 해를 끼쳤다는 사실을 알면 우리는 유감스럽게 생각할 겁니다. 여전히 우리 마음은 친절하고 미덕을 지닐 수도 있지만 어린아이 수준이죠. 대중적인 권력을 누리기도 하고 중대한 사건에서 여론을 언급하다 곤혹을 치르기도 했던 차머스[23]는 그의 긴 생애를 마감하면서 "대중은 덩치 큰 어린아이에 불과하다."라며 성마른 불만을 입 밖으로 냈습니다. 심각한 생각거리들을 독서법에 관한 연구와 함께 다루는 이유는 이렇습니다. 우리 국민들의 과오나 불행에 대해 알면 알수록, 그것이 교양이 없는 유치한 상태와 일상적인 사고방식에 대한 교육 부족에서 비롯된다는 결론이 나오기 때문입니다. 반복해서 말씀드리지만 이런 것은 통탄해

---

23   토머스 차머스(Thomas Chalmers, 1780~1847). 스코틀랜드의 성직자이며 신학자, 정치 경제학자였다. 에든버러 왕립학회 부회장(1835~1842)을 역임하기도 했고 19세기 가장 위대한 스코틀랜드의 종교인이라고 불린다.

마지않을 악덕이나 이기심이나 미련함이 아닙니다. 단지 가르칠 방도가 전혀 없는 학생들이 보이는 무모함일 뿐입니다. 이들의 무모함은 일반 학생들의 무모함과 다릅니다. 선생님의 권위를 인정하지 않기 때문에 그들을 도와줄 방도가 없기 때문입니다.

41. 한 위대한 영국 화가[24]가 그린 훌륭하지만 관심을 얻지 못한 작품 중에 진기하고 전형적인 우리 모습을 그린 것이 있습니다. 커크비 론스데일 교회 묘지와 그 앞을 흐르는 시내, 계곡과 언덕, 그리고 언덕 너머로 엷은 구름이 깔린 아침 하늘이 그려진 그림입니다. 그 그림에서는 이런 풍경 따윈 아랑곳하지 않고, 죽어서 다른 계곡과 하늘을 찾아 떠난 망자들에게도 무심한 남학생 몇이 책을 묘지 위에 쌓아 놓고 돌로 쳐 떨어뜨리는 놀이를 합니다. 이들처럼 우리도 가르침을 줄 고인들의 말씀을 철없이 대하면서 신랄하고 무모한 의지로 그 말씀을 우리에게서 멀리 쳐내려 합니다. 바람에 흩어진 나뭇잎이 묘비뿐 아니라, 마법에 걸린 지하 묘의 봉인된 문 그리고 우리가 그들의 이름을 부르기만 하면 언제라도 깨어서 우리와 함께 거닐 잠자는 왕들이 거하는 위대한 도시의 정문에도 쌓여 있었다는 사실은 생각 못 한 채 말입니다. 그 대리석 문을 들어 올린다 한들 쉬고 있는 노왕들 사이를 거닐고 그들이 입고 누워 있는 옷자락을 만지며 이마에 쓴 왕관에 손을 대

---

24   월리엄 터너(J. M. W. Turner, 1775~1851)를 가리킨다. 터너는 19세기 영국의 낭만주의 화가로서 풍경을 주로 그린 수채화가로 유명하다. 여기서 언급되는 작품은 1818년작 《커크비 론스데일 교회 묘지》다.

는 일이 얼마나 있겠습니까? 그들은 여전히 먼지 쌓인 말 없는 형상에 불과해 보입니다. 그들을 깨울 마음의 주문을 우리가 모르기 때문입니다. 그들은 그 주문을 듣기만 하면 예전의 권력자 모습으로 벌떡 일어나 우리를 맞이하고 찬찬히 우리를 바라보며 주시할 겁니다. 망자의 세계에 먼저 와 있던 왕들이 이제 막 그 세계로 들어온 왕들을 맞이하며 "그대 역시 우리와 마찬가지로 연약해졌는가? 우리와 하나 되었는가?"라고 말하듯, 이 왕들은 광택이 조금도 흐려지지 않고 조금의 흔들림도 없는 왕관을 쓴 채 우리를 맞이하며 "그대 역시 우리같이 순수하고 위대한 정신을 지니게 되었는가? 우리와 하나 되었는가?"라고 물을 겁니다.

42. 마음이 강해지고 정신이 강해지는 것, 곧 관대해지는 것은 진실로 위대한 인생을 사는 길입니다. 점점 관대해지는 것은 인생에서 출세를 하는 겁니다. 인생 자체에서 출세를 하는 것이지요. 인생의 과시적인 면에서 출세하는 게 아니고요. 여러분, 집안의 가장이 죽었을 때 옛 스키타이인이 행했던 관습을 기억하십니까? 한 집안의 가장이 죽으면 가장 좋은 옷을 입힌 후 마차에 태워 고인의 친구들 집을 순회합니다. 친구들은 식탁의 상좌에 망자를 앉히고 모두들 망자와 함께 잔치를 합니다. 여러분이 아직 살아 있는 동안 망자 스키타이인이 누리는 명예를 점차적으로 얻어야 한다는 제안을 받았다고 생각해 보십시오. 쉽게 말해 끔찍한 사실이긴 하지만 여러분은 이런 제안을 받을 겁니다. "당신은 서서히 죽어 갈 겁니다. 피는 하루하루 서서히 차가워지고 살은 경직될 것이며 심장 박동도 점차 약해져서 마침내는 심장 판막이 녹슨 철판처럼 무

겁게 움직일 겁니다. 생명은 사라지면서 땅을 뚫고 내려가 가이나[25]의 얼음 속으로 가라앉을 겁니다. 그러나 날이 갈수록 당신은 더 높은 전차에 앉고, 더 화사한 옷을 입고, 가슴에 더 많은 훈장을 달 겁니다. 특별히 원하신다면 머리에 왕관도 쓸 겁니다. 사람들이 당신의 육신 앞에 절하며 그 주변을 돌면서 당신을 바라보며 환호할 겁니다. 또 사람들은 당신의 육신을 따라 무리 지어 거리를 활보할 테고 그 육신이 거할 궁정도 지으며 밤새 식탁의 상석에 앉히고서 잔치를 베풀 겁니다. 당신의 영혼은 사람들이 하는 일을 알고 당신 어깨에 걸쳐진 황금 옷의 무게와 왕관 모서리가 머리를 내리누르며 두개골에 만든 자국의 무게를 느낄 만큼 오래 육신 안에 머무를 겁니다. 이상입니다." 죽음의 천사가 전하는 이 제안을 받아들이시겠습니까? 가장 보잘것없는 자라도 그 제안을 받아들이는 사람이 있을까요? 그런데 실제 우리는 한 사람도 빠짐없이 이 제안을 어느 정도 받아들입니다. 이 무시무시한 제안을 다 수락하는 사람도 많습니다. 인생에서 출세하고 싶어 하는 사람은 인생이 무언지도 모르면서 모두 이 제안을 받아들입니다. 더 많은 말(馬), 더 많은 시종, 더 많은 재산, 더 많은 대외적 명예를 소유하는 것만이 그들의 목적이라서 그들은 영혼을 더 풍성히 하는 일은 원하지 않습니다. 인생에서 진정한 출세를 하는 사람은 이런 사람들뿐입니다. 가슴은 점점 더 부드러워지고 피는 뜨거워지고 머리는 명민해지며 생명을 풍성하게 하는 평강의 정신을 얻는 사람들이지요. 이런 생명을 그들 안에

---

25   단테의 『신곡』의 「지옥」에 나오는 얼음 연못이다. 이곳은 혈족을 배신한 자들이
      갇히는 곳으로 몸은 가이나의 얼음물에 잠겨 있고 얼굴만 밖으로 나와 있다.

소유한 사람들이야말로, 오직 이들이야말로 이 세상의 진정한 군주이며 왕입니다. 이외의 참된 왕권이라 할 수 있는 모든 왕권은 진정한 군주와 왕의 실질적인 결과물이며 표현인 겁니다. 이에 못 미치는 왕은 번쩍이는 쇳조각 대신 진짜 보석을 달고 나오는 값비싼 볼거리 연극에 불과한 왕, 즉 국가의 장난감에 불과합니다. 또는 왕이 아닌 폭군이며 국가의 어리석음이 빚어낸 적극적이고 실질적인 결과물일 뿐입니다. 이래서 제가 "눈에 보이는 정부는 몇몇 국가에게는 장난감이고, 다른 국가에게는 질병이고, 일부 국가에게는 멍에이며 더 많은 국가에게는 짐일 뿐이다."[26]라고 언급했던 겁니다.

43. 생각이 깊은 사람들이 왕권에 관해 다음같이 말하는 모습을 볼 때 말문이 막힙니다. 그들은 국가를 사고팔 수 있는 개인 자산이라도 되는 것마냥 혹은 왕이 직접 그 살을 먹고 털을 거두는 양 같은 존재인 것마냥 말합니다. 아킬레스가 분노에 차서 저속한 왕을 묘사했던 "백성을 잡아먹는"이라는 형용어가 모든 군주에게 지속적으로 합당한 말인 듯, 그리고 왕이 영토를 확장하는 게 마치 개인이 사사로운 영토를 늘리는 것과 같은 듯이 말합니다. 어떤 권력을 지녔든 이런 생각을 품은 왕이라면 말파리가 말의 왕이 아닌 것과 마찬가지로 그는 한 국가의 진정한 왕이 될 수 없습니다. 말파리는 말의 피를 빨아 말을 미쳐 날뛰게 만들지 모르나 말을 인도하지는 못합니다. 그런 왕과 궁정과 그들의 군대는 그저 모기떼가 총검 같은 주둥이로 화음을 내며 악장의 지휘에 따라 여름 하늘에서 트

---

26 러스킨의 저서인 「야생 올리브나무로 만든 왕관」을 지칭한다.

럼펫을 불어 대는 늪지의 모기떼에 불과합니다. 반짝이는 작은 모기떼들이 안개처럼 자욱이 깔려 있는 황혼녘의 풍경이 때론 아름다워 보일 수 있겠습니다만 더 건강하다고는 할 수 없을 겁니다. 반면에 진정한 왕들은 필요할 때는 조용히 통치하지만, 대개는 통치를 싫어합니다. 진정한 왕들은 대거절(il gran refiuto)[27]을 합니다. 그들이 대 거절을 하지 않으면 왕이 군중에게 유용해질 순간에 군중이 틀림없이 왕을 대거절할 겁니다.

44. 겉모습뿐인 왕이라도 영토의 지리적 경계선이 아니라 지배력을 기준으로 평가받는 날이 온다면 언젠가 진정한 왕이 될 수도 있습니다. 트렌트강 이쪽에서 꼬리 부분 하나를 떼어내거나 라인강이 저쪽 성 하나를 빼놓고 굽이져 흐른다 한들 문제될 건 없습니다. 그러나 백성들의 왕이여, 진짜 중요한 것은 이 사람에게 가라면 그가 가고 저 사람에게 오라면 그가 오는 겁니다. 트렌트강의 흐름을 바꾸듯 국민을 움직일 수 있고 그들에게 가고 오라고 명령할 수 있는가가 중요합니다. 백성들의 왕이여, 당신의 백성이 왕을 증오하고 왕 때문에 죽을 지경인지 왕을 사랑해서 그 왕 때문에 살아갈 힘을 얻는지가 중요합니다. 왕의 지배력은 영토의 크기보다는 백성의 수로 측정할 수 있습니다. 그리고 당신의 사랑의 위도도 놀랍도록 뜨겁고 무한한 사랑의 적도에서 얼마나 떨어져 있느냐가 아니라 얼마나 가까이 다가가 있느냐로 측정할 수 있습니다.

---

27   단테의 『신곡』의 「지옥」에 나오는 구절. 비겁한 자들은 선과 악 사이에서 어느 편에도 서지 않고 대거절을 한다.

45. 측정이라고요! 아니오, 측정할 수 없습니다. 누군들 그 차이를 잴 수 있겠습니까? 천국에서나 지상의 왕국에서나 행하고 가르치는 가장 위대한 자들의 힘과 고작 나방이나 동록(銅綠)의 힘 정도밖에 되지 못하는 파괴하고 소모시키는 자들의 힘의 차이를 어찌 측정하겠습니까? 나방에 불과한 왕들이 나방을 위해 보물을 쌓고, 녹이 갑옷을 녹슬게 하듯이 백성들의 힘을 무디게 하는 동록과 같은 왕들이 녹이 먹을 보물을 쌓고, 강도 같은 왕들이 강도를 위해 보물을 쌓는 걸 보면 기가 막힙니다. 반면 그 보물을 노리는 도적이 많으면 많을수록 가치가 더해지는 보물, 파수꾼을 둘 필요가 없는 보물을 쌓은 왕이 얼마나 드문지 생각하면 의아해지기도 합니다. 수놓은 옷이라도 결국 찢어지기 마련이고, 투구와 칼은 광택이 사라져 칙칙해지며, 보석과 금도 결국은 흩어지고 말 겁니다. 이런 사라질 보물들을 모았던 세 종류의 왕들이 존재해 왔습니다. 그런데 오래전 어느 이름 없는 글에서 보석이나 금에 비견될 수 없으며 순금으로도 그 가치를 매길 수 없는 네 번째 보물이 있다는 것을 읽은 네 번째 왕이 나타났다고 가정해 보십시오. 네 번째 유의 보물은 아테네 여신이 지은 아름다운 천, 불카누스의 대장간에서 신성한 불로 벼려 만든 갑옷, 델포이 신전이 있는 절벽 위로 뜨는 붉은 태양의 심장에서만 캘 수 있는 황금, 두툼한 무늬를 짜 넣은 직물, 무엇으로도 뚫을 수 없는 갑옷, 마실 수 있는 황금 같은 것입니다. 그리고 행위, 노동, 사상이라는 위대한 세 천사들은 우리가 따라가기만 한다면 그 강한 날개로 우리를 이끌어 어느 것 하나 놓치지 않는 눈매로 새들도 모르는, 독수리의 눈도 닿지 않는 곳으로 우리를 인도해 가려고 문기둥에 기대어 기다리며 아직도 우리를 부릅니다!

이 말을 듣고, 믿고, 마침내 자기 백성을 위해 지혜라는 보물을 모아서 내놓은 왕들이 일어난다고 생각해 보십시오.

46. 이것이 얼마나 놀라운 일일지 생각해 보십시오! 현재 우리 국민들의 지혜 상태로는 이 얼마나 상상도 할 수 없는 일입니까! 우리 농민들을 총검술이 아니라 독서 훈련으로 키우고, 자객이 아니라 사상가로 이루어진 군대를 조직하고 훈련하며 봉급을 주어 유지하고, 사격장에서뿐 아니라 독서실에서 국민의 놀이를 찾고, 과녁을 뚫는 총알뿐 아니라 사실을 정확히 조준한 데 포상을 주는 것이! 문명국의 자본가 재산이 전쟁이 아니라 문학을 지원하게 된다는 걸 말로 설명하다 보니 이 무슨 터무니없는 생각인가 싶습니다!

47. 지금까지 제가 낸 저서 중에 유일하게 책이라고 부를 수 있고 혹여 후세까지 남는 저서가 있다면 그중 가장 확실히 오래도록 남을 책[28]에서 한 부분을 인용하려고 하니 참고 들어 주십시오.

부당한 전쟁을 지지하는 것이 전적으로 자본주의자들의 재산이라는 사실은 유럽에서 부(富)가 작용하는 지극히 끔찍한 형태다. 정당한 전쟁은 그 전쟁을 치르기 위해 그렇게 많은 돈이 필요하지 않다. 정당한 전쟁을 하는 사람은 대부분 보수를 받지 않는다. 부당한 전쟁의 경우에는 몸과 영혼을 모두 사야 하며 가장 좋은 무기도 사야 하기 때문에 전쟁은 값비싼 행위가 된다. 영국과 프랑스 같은

---

28 『나중에 온 이 사람에게도』를 말한다.

국가에는 단 한 시간이나마 마음의 평화를 누리게끔 해 주는 은총이나 정직성이 없다. 이런 국가에서 사람들이 느끼는 저열한 두려움과 분노에 찬 의구심의 비용도 치러야 하는 것은 말할 나위도 없다. 현재 영국과 프랑스는 서로에게 매년 1000만 파운드에 달하는 경악을 구입해 주는데 이는 진리 대신 탐욕을 가르치는 현대 정치경제학자들의 '학문'이 씨 뿌리고 거두어 곡창에 저장한 경작물이다. 그 절반은 가시요, 나머지 절반은 사시나무 이파리에 불과한 가볍기 그지없는 경작물이다. 부당한 모든 전쟁은 적에게서 약탈한 것으로 유지하기 어려워지면 자본주의자들로부터 돈을 대출한다. 이 대출금은 전쟁이 끝난 후에 국민 세금으로 갚게 될 것이다. 전쟁의 뿌리는 자본주의자들의 의지이므로 국민들은 전쟁에 뜻이 없는 것 같아 보인다. 그러나 전쟁의 진짜 뿌리는 전 국민의 탐욕에 있다. 그 탐욕 탓에 국민은 신앙이나 정직성이나 정의도 잃고, 그래서 때가 되었을 때 각자 제 손해와 징벌을 맞는다.

48. 보십시오, 영국과 프랑스는 서로에게 공포를 사 주고 있습니다. 그들은 각자 일 년에 1000만 파운드어치 공포의 대가를 지불하고 있습니다. 매년 1000만 파운드의 공포를 사들이는 대신에 서로 화평하게 지내기로 마음먹고 매년 1000만 파운드의 지식을 산다고 생각해 보십시오. 그리고 양국이 각자 일 년에 1000만 파운드를 들여서 왕립 도서관, 왕립 화랑, 왕립 박물관, 왕립 정원과 휴식 공간들을 짓는다고 생각해 보십시오. 영국과 프랑스 두 나라 국민들에게 나은 일이 아니겠습니까?

49. 그런 일이 실현되려면 오랜 시간이 걸릴 겁니다. 그럼

에도 저는 머지않아 웬만한 규모의 도시마다 고급 장서를 갖춘 왕립 도서관이나 국립 도서관이 세워지길 바랍니다. 그리고 국립 도서관에 비치하려고 준비한 고급 장서들이 도서관마다 동일하게 갖춰지길 바랍니다. 책 본문은 여백이 넉넉한 동일한 크기의 책장으로 인쇄되고 적당한 두께로 분절되어 손으로 집었을 때 가볍고 아름답고 튼튼하게, 제본술의 완벽한 표준에 따라 제본되길 바랍니다. 이 훌륭한 도서관을 밤낮을 가리지 않고 정결하고 단정한 사람들이 언제나 열람하게 되기를, 그리고 이런 정결과 조용함을 엄격한 법으로 지켜 가길 바랍니다.

저는 여러분에게 필요하고 소중한 미술 갤러리나 자연사 갤러리 등 많은 것을 계획할 수도 있습니다. 그러나 책에 대한 계획이야말로 가장 쉬우면서도 필요한 일입니다. 그리고 최근 수종(水腫)에 걸리고 악성 갈증과 악성 기아증에 시달리고 있어서 건강에 더 좋은 섭생이 필요한 영국의 체질상 책이야말로 중요한 강장제 역할을 할 겁니다. 영국의 건강한 섭생을 위해서 여러분은 곡물법을 폐지했습니다.[29] 건강에 좋은 섭생을 위해 또 다른 곡물법을 제정해서 더 좋은 빵을 거래할 수는 없는지 시도해 보십시오. 옛적 아라비아 마법의 곡물이며 닫힌 문을 여는 참깨로 빚은 빵, 도적의 보물이 쌓여 있는 곳의 문이 아니라 군주의 보물이 쌓여 있는 보고(寶庫)의 문을 여는

---

29 1816년부터 1846년까지 시행된 곡물법은 곡물 수입에 비싼 세금을 물려 영국 내 곡물 생산자의 이익을 보호했다. 곡물 가격이 상승하면서 국민의 생활비가 올라가자 다른 경제 분야의 발전이 저해되었다. 그러자 자유 무역을 옹호하는 자들이 곡물법 폐지를 주장하기 시작했고, 아일랜드 대기근이 시작되면서 1846년 결국 폐지되었다.

빵 말씀입니다.

　친애하는 여러분, 진정한 왕의 보고는 도시의 거리입니다. 도시의 거리는 진정한 왕이 모은 황금입니다. 다른 왕들에게는 시궁창 같을지라도 진정한 왕과 그의 백성들에게는 수정을 깐 영원한 포장도로가 될 겁니다.

　50. 30.의 주석. 의무관이 추밀원에 제출했던 발표한 지 얼마 안 된 보고서의 증거를 보십시오. 보고서 서문에 우리 가운데 다소 동요를 일으킬 만한 내용이 암시되어 있는 것 같습니다. 그 점에 대해 다음을 말씀드리겠습니다.

　널리 유포된 토지론 중 논쟁거리가 된 두 가지 이론이 있는데, 둘 다 그릇됩니다.

　우선 하늘의 법에 따라 이 세상 토지와 공기와 물을 개인 자산으로 소유하는, 세습적으로 신성한 사람들이 있는데 이들은 현재까지 늘 존재해 왔고 앞으로도 반드시 존재하리라는 이론입니다. 이들은 개인 자산인 토지와 공기와 물을 자신이 원하는 대로 다른 사람들이 먹고 마시도록 허락할 수도 금할 수도 있습니다. 이 이론은 효력을 잃은 지가 오래됐습니다. 이와 반대되는 이론은 세상의 토지를 군중에게 분배해 주면 그들이 즉시 신성한 사람들이 되고 저절로 가문이 세워지고 곡식도 저절로 자라 노동하지 않고도 모든 사람들이 먹고살게 될 거라는 이론입니다. 이것 역시 실현이 매우 어렵다고 밝혀질 겁니다.

　마그네슘으로 불을 밝히는 이 시대에도 거친 실험과 힘든 재앙을 겪은 뒤에야 보통 사람들은 다음과 같은 사실을 확신하게 될 겁니다. 생계와 생계 수단을 위한 투쟁이 그저 잔혹

한 경쟁으로 남는 한, 어떤 법이든 사람들에게 궁극적으로 아주 사소한 유익이나마 줄 수 없다는 사실 말입니다. 토지 소유나 분배, 비싼 임대나 싼 임대에 관한 토지 관련법은 특히 그렇습니다. 원칙이 없는 나라에서 생계를 위한 투쟁은 어떤 관련법이 제정되든 간에 치명적입니다. 예를 들어 계층에 따라 최고 수입 한도를 정해 주고 모든 귀족의 수입은 고정된 봉급이나 연금의 형태로 국가가 지급하고 귀족은 그의 토지 소작인으로부터 임의대로 정한 액수를 착취하지 않는다는 법이 시행만 된다면 영국을 위한 완벽한 법이 될 겁니다. 그러나 이런 법을 내일 통과시킨다 한들, 그리고 실은 더 시급한 조치인, 소정량의 순 밀가루를 소정액의 법정 통화로 만들어서 정해진 수입의 가치를 고정한다 한들, 열두 달이 채 지나기도 전에 또 다른 통화가 암묵적으로 제정될 테고 축적된 부가 다른 품목에서 혹은 다른 상상적 통화로 다시 효력을 띨 겁니다. 서로의 목숨을 금화로 사지 못하도록 금해 보십시오. 그러면 조개껍데기나 석판으로 살 겁니다. 대중의 고통을 해결할 딱 한 가지 해결책은 바로 사람을 사려 깊고 자비롭고 정의롭게 키우는 공교육입니다. 실제로 국민의 기질을 점차적으로 개선하고 강화할 많은 법을 고안해 볼 수 있습니다. 그러나 대부분은 국민의 기질이 훨씬 더 성숙해야만 이런 법들을 받아들일 수가 있겠지요. 허약한 어린아이가 척추 교정판의 도움을 받듯이 아직 어린 국가는 법의 도움을 받을 수 있습니다. 그러나 나이가 든 국가는 척추 교정판을 대서 휘어진 척추를 바로 세울 수 없습니다.

게다가 토지는 최악의 경우에도 부차적인 문제입니다. 원하는 대로 토지를 분배해 준다 해도 근본적인 문제는 여전히 남아 있습니다. 누가 땅을 경작할 것인가? 간단히 말하자면 우리 중에 누가 나머지 사람들을 위해 그 힘들고 더러운 일을 할 것인가? 그리고 보수는 얼마나 받아야 하는가? 누가 쾌적하고 깨끗한 일을 할 것이며 보수는 얼마나 받을 것인가? 누가 아무 일도 하지 않을 것이며 또 보수는 얼마나 받게 되는가? 그리고 이런 문제와 연관된 기묘하게 도덕적이며 종교적인 질문들도 따릅니다. 영혼을 한데 모아 매우 아름답거나 이상적인 하나의 영혼을 만들기 위해 수많은 사람에게서 일정량의 영혼을 추출하는 일은 어느 정도까지 합법적일까? 영혼 대신에 피를 다루어야 하고 이런 일이 실제로 행해진다면(이전에 어린아이에게 이런 일을 행한 적이 있었듯이), 그래서 정해진 수의 군중의 팔에서 피를 뽑아다가 한 사람의 몸에 넣어 그 사람을 하늘색 피를 가진 신사로 만드는 일이 가능하다면 어떻게라도 그리할 겁니다. 제 생각으로는 하긴 하되 비밀리에 하겠지요. 그러나 우리가 뽑아내는 것이 눈에 보이는 피가 아니라 두뇌이며 영혼이기 때문에 이런 일이 매우 공개적으로 행해지고 있습니다. 그리고 소위 신사라는 우리는 족제비들이 하는 짓을 따라 가장 맛있는 먹이를 먹고 삽니다. 우리는 촌뜨기들에게 땅을 파고 고랑을 만드는 일을 시키고 이들을 전반적으로 우둔하게 만듭니다. 우리는 공짜로 밥을 먹으면서도 온갖 생각과 감정도 독차지하려고 합니다. 이 문제에 대해서도 할 말은 많이 있지요. 높은 가문 출신에다 교육을 받은 영국, 프랑스, 오스트리아 또는 이탈리아의 신사는(숙녀는 더욱이) 훌륭한 결과물입니다. 대부분의 조각상보다 나은 제작품입니다. 아름다운 형태에 색도 아름답게 입힌 데다 머리까지 좋으니 말입니다. 보기에도 멋지고, 말을 걸기에도 훌륭합니다. 피라미드나 교회와 마찬가지로 이 일에 헌신하는 희생 없이는 이런 결과물을 얻을 수 없을 겁니다. 아마도 아름다운 돔이나 뾰족탑을 짓는 것보다 아름다운 인간을 만들어 내는 일이 낫겠지요. 담벼락을 바라보는 것보다는 우리 위에 높이 우뚝 서 있는 인간을 존경스럽게 올려다보기가 즐거울 겁니다. 다만 그 아름다운 인간은 자신을 그렇게 아름답게 만들어 준 보답으로 의무를 수행해야 합니다. 살아 있는 종루와 성벽으로서 의무를 수행해야 합니다. 여기 관해서는 곧 말씀드리겠습니다.

백합: 여왕들의 화원

메마른 사막이여 기뻐하라,

사막이 백합처럼 피어 즐거워하며

요르단 불모의 땅들이 숲으로 무성하리라.

—「이사야서」35:1

51. 이번 강연은 지난 강연의 후속이므로 두 강연에서 제가 전하고자 하는 전반적인 취지를 간단히 알려 드리는 것이 좋을 것 같습니다. 첫 강연에서 여러분에게 특별히 질문드렸던 "무엇을 어떻게 읽을 것인가"는 훨씬 더 본질적인 "왜 읽어야 하는가"라는 질문에서 비롯되었습니다. 저는 여러분이 스스로에게 진솔하게 이 질문을 하도록 애썼습니다. 여러분이 저와 함께 다음을 느꼈으면 합니다. 교육도 흔하고 책도 사방에 널려 있는 오늘날의 이점이 무엇이든 간에 교육이 지향하는 바와 책이 가르치는 바를 제대로 이해할 때에만 그 이점을 바르게 활용할 수 있다는 겁니다. 도덕 훈련을 제대로 받고 잘 선별된 독서를 하면 잘못된 교육을 받은 저속한 사람들을 지

배할 수 있는 권력을 소유하게 된다는 사실을 여러분이 아셨으면 합니다. 이런 권력이야말로 가장 진실한 의미의 왕다운 권력이며 세상에 존재하는 가장 순수한 왕권을 부여하는 권력입니다. 이외에 눈에 보이는 훈장이나 물질의 힘으로 이루어진 수많은 왕권은 유령 같은 권력이거나 폭군의 권력에 불과합니다. 유령 같다고 한 것은 이런 권력이 진정한 왕권의 겉모양과 그림자에 불과해 죽음처럼 공허하며 그저 "왕관과 유사한 것"이라는 말이고, 폭군의 권력 같다고 한 것은 진정한 왕의 통치 원칙인 정의와 사랑의 법이 아니라 자기 멋대로 다스린다는 의미입니다.

52. 여러분에게 이 생각을 심어 드리기 위해서 저는 이 주제로 강연을 시작하고 끝낼 것이며, 반복해서 말씀드릴 겁니다. 순수한 왕권은 오직 하나밖에 없습니다. 왕관을 쓰든 쓰지 않든 유일하게 순수한 왕권은 필연적이고 영원하며 다른 왕권보다 도덕적으로 강하고 사고가 진실합니다. 그래서 여러분은 이 왕권으로 다른 왕권을 지도하거나 일으켜 세울 수 있습니다. State(상태)라는 단어를 주시해 보십시오. 우리는 이 단어의 의미를 정밀하게 알지 못한 채 사용해 왔습니다. 이 단어는 문자적으로 사물의 확립과 안정성을 의미합니다. 이 단어의 파생어인 '움직일 수 없는 물건'이라는 뜻의 조각상(statue)에서 그 의미를 온전히 알게 됩니다. 왕의 위엄이나 안정(state), 그리고 그의 왕국이 국가(state)라고 불릴 권리는 왕과 왕국의 부동성에 근거합니다. 무엇으로도 변경하거나 전복할 수 없는 영원한 법의 바탕 위에 세워지고, 이를 기반으로 왕위에 추대되었기에 진동이 없고 균형이 흔들리지 않는 부

동성 말입니다.

53. 모든 책과 교육은 침착하고 자비로운 권력, 그렇기에 왕다운 권력을 확고히 해 줄 수 있어야만 유익합니다. 그 왕다운 권력으로 먼저 우리 자신을 다스리고 우리를 통해 모든 주변 사람들을 다스리게 됩니다. 이런 생각을 하면서 저는 여러분이 몇 가지 문제를 저와 함께 생각해 보실 것을 요청합니다. 훌륭한 교육을 받아 얻게 되는 특별한 왕권 중 여성이 정당하게 소유할 권력은 어떤 것인가 하는 문제와 여성은 어느 정도까지 진정한 여왕의 권력을 소유하도록 부름받았는가 하는 문제를 깊이 생각해 보시길 바랍니다. 가정에서뿐 아니라 여성이 활동하는 모든 분야에 걸쳐서 말입니다. 그리고 만약에 여성이 왕의 영향력이나 고상한 영향력을 제대로 이해하고 행사한다면, 이 자애로운 힘에서 비롯된 질서와 아름다움이 여성 한 분 한 분이 다스리는 영역을 여왕의 화원으로 부르는 것을 어떤 의미에서 정당화할 수 있는가도 생각해 주시길 부탁드립니다.

54. 그런데 이 출발점에서 저희는 훨씬 더 심오한 질문과 마주칩니다. 이 질문은 매우 중요한데 이상하게도 아직 답을 내리지 못한 채 있습니다.

여성의 일상적인 힘이 무엇인가라는 문제에서 합의를 보지 못하면 여성이 가질 여왕의 권력이 어떤 것이어야 하는지에 대해서도 결정을 내릴 수가 없습니다. 진정하고 지속적인 여성의 의무가 무엇인가에 대한 합의가 없다면 확산되어 가는 여성의 의무를 감당할 수 있도록 준비하기 위해 어떤 교육을 받아야 하는지 고찰할 수 없습니다. 게다가 사회 전체의 행복에 매우 중요한 이 문제에 관해 요즈음 그 어느 때보다 험한 말들이 오가고 쓸데없는 상상이 난무합니다. 남성과 여성의 지적·미덕적 역량은 다릅니다. 이 차이를 판단할 때 전적인 동의가 이루어진 적은 없었습니다. 여성의 임무·권리를 남성의 임무·권리와 분리할 수 있다는 듯 말하는 소리를 듣습니다. 마치 여성과 남성이 서로 독립적인 피조물로서 양립할 수 없는 주장을 하듯이 말입니다. 이는 어쨌든 잘못된 생각입니다. 그리고 이에 못지않게, 아니 이보다 훨씬 어리석은 틀린 생각(이 정도는 제가 앞으로 증명할 것입니다.)은 여성이 남성의 그림자요 시종에 불과하다는 생각입니다. 그래서 여성은 노예처럼 생각 없이 남성에게 복종해야 하며 또한 연약하기 때문에 남성의 뛰어난 강인함에 의존하고 있다는 생각입니다.

이런 생각은 남성의 반려자인 여성에 대한 가장 어리석은 오해입니다. 이는 마치 남성을 그림자 같은 존재에게 실질적인 도움을 받고 노예에게 가치 있는 도움을 받는 존재로 여기는 겁니다.

55. 남성의 정신과 미덕에 관련하여 영향력을 발휘하고 임무를 수행하는 여성의 정신과 미덕은 어떤 것인가, 그리고 남성과 여성의 관계를 올바르게 인식하는 것이 어떤 식으로 남녀 모두의 활기와 명예와 권위를 증진하고 도울 수 있는가 하는 문제를 명료하고도 조화롭게(진실하려면 조화로워야하기 때문에) 생각할 수 있을지 한번 살펴봅시다.

지난 강연에서 드렸던 말씀을 다시 드려야겠습니다. 교육의 제일가는 효용성은 실로 난해한 문제에 대해서 가장 현명하고 위대한 분들의 고견을 듣게 해 준다는 점입니다. 또 책을 제대로 활용한다는 것은 그분들에게 도움을 구하는 것이며, 우리의 지식과 사고력이 그 문제를 해결할 수 없을 때 그분들께 간청할 수 있다는 겁니다. 그리고 그분들의 인도를 받아서 더 넓은 시야와 순수한 인식을 얻고 우리 자신의 고독하고 불안한 의견에 기대지 않고 그분들로부터 모든 시대의 재판관과 자문 위원들이 내렸던 동일한 판결을 얻게 됩니다.

지금 도움을 요청해 봅시다. 이 문제에 대해 모든 시대의 가장 위대하고 현명하고 순수했던 분들이 어떤 현명한 합의를 보았는지 살펴봅시다. 여성의 진정한 위엄과 남성을 돕는 배필로서 여성의 진정한 역할에 대해 남겨진 증언을 들어 봅시다.

56. 먼저 셰익스피어의 작품을 봅시다.

셰익스피어의 희곡에 남자 주인공은 없고 주로 여자 주인공만 있다는 사실을 우선 주목해 주십시오. 무대 효과를 위해 과장된 헨리 5세에 대한 가벼운 인물 묘사와 그보다 훨씬 가볍게 묘사되는 『베로나의 두 신사』에 나오는 밸런타인을 제외하고는 전적으로 영웅적인 남성 인물은 단 한 명도 없습니다. 셰익스피어가 노고를 기울여 쓴 완벽한 극에서는 영웅을 찾아볼 수가 없습니다. 지나치게 단순한 성격으로 주위의 모든 비열한 음모의 먹잇감이 되지 않았더라면 오셀로는 영웅이 될 수도 있었겠죠. 영웅에 가까운 유일한 인물이 오셀로입니다. 코리올라누스, 시저, 안토니는 흠 있는 힘이지만 그 힘에 의지해서 우뚝 섰습니다. 그러나 허영심 탓으로 무너집니다. 햄릿은 나태하고 나른할 정도로 생각이 많습니다. 로미오는 성급한 소년에 불과하고 베니스의 상인은 비운에 맥없이 굴복합니다. 『리어 왕』의 켄트는 그 마음은 더할 나위 없이 고결하지만 거칠고 세련되지 못해서 결정적인 순간에 진정한 도움을 주지 못하고 결국 시종 역할에 그칩니다. 올랜도도 켄트 못지않게 고결하지만 운명의 장난에 절망합니다. 그를 따라가서 위로하고 구해 준 인물은 로절린드입니다. 반면 변함 없이 진지한 희망을 품고 목적하는 바가 흠이 없는 완벽한 여성이 등장하지 않는 극은 거의 없습니다. 코딜리아, 데즈디모나, 이저벨라, 헤르미오네, 이모젠, 캐서린 여왕, 퍼디타, 실비아, 비올라, 로절린드, 헬레나 그리고 마지막으로 아마도 가장 사랑스러운 인물인 버질리아까지 이 모든 여성들에게서는 결함을 찾을 수가 없습니다. 이들은 인류의 가장 고결한 유형의 영웅으로 그려집니다.

57. 두 번째로 모든 극의 재앙은 언제나 남성의 어리석음이나 잘못으로 일어난다는 점을 관찰해 봅시다. 여성의 지혜와 미덕이 언제나 이런 상황을 구원하고, 여성의 지혜와 미덕이 없는 경우엔 구원이 없습니다. 리어 왕의 재앙은 판단력이 부족하고 성마른 허영심에 차서 자식들을 오해한 데서 비롯합니다. 진실한 딸을 내쫓지만 않았어도 리어 왕이 다른 딸들로부터 받은 상처로 파멸되는 것을 그 착한 딸이 구해 주었을 겁니다. 사실 코딜리아는 그녀의 아버지를 거의 구원할 뻔합니다.

『오셀로』의 줄거리를 굳이 말할 필요는 없습니다. 그토록 강렬한 그의 사랑이 지닌 치명적인 한 가지 약점에 대해서도 일일이 말할 필요가 없습니다. 여성 인물 중 두 번째 비중을 차지하는 에밀리아에게도 못 미치는 그의 지력도 되짚을 필요가 없습니다. 에밀리아는 "오, 살인자, 의처증 환자! 이런 어리석은 자가 이토록 고결한 부인에게 무슨 짓을 했단 말인가?"라며 오셀로의 잘못에 격렬하게 항의하며 죽어 갑니다.

『로미오와 줄리엣』에서는 신랑의 무모한 조바심이 신부의 슬기롭고 용감한 전략을 파괴적인 결과로 이끕니다. 『겨울 이야기』와 『심벨린』에서는 남편들의 어리석음으로 오랜 세월 삶과 행복을 잃어버리고 결국 소멸될 위기에 몰린 두 왕가가 여왕의 풍모에 걸맞은 아내들의 인내와 지혜 덕에 마침내 회복됩니다. 『잣대엔 잣대로』에서는 재판관들의 부정과 오라버니의 더러운 비겁함이 승리를 거둔 한 여인의 진실과 꿋꿋한 순결에 대적합니다. 『코리올라누스』에서 어머니의 조언을 제때 들었더라면 아들은 모든 악으로부터 구해질 수도 있었을 겁니다. 한순간 어머니의 조언을 잊은 일이 아들의 파멸을 불러옵니다. 마침내 어머니의 기도가 응답되면서 아들은 구원받습니다. 아들을 죽음으로부터 구하지는 못하지만 조국을 파멸시킨 파괴자의 삶을 살아가는 저주는 면하게 해주니까요.

그저 경솔한 어린애에 불과한 연인이 우왕좌왕하는데도 흔들림이 없었던 줄리아에 대해서는 무어라 말할까요? 경솔한 젊은이의 무례와 모욕을 견뎌 낸 헬레나에 대해서는 또 무어라 말할까요? 히어로의 인내에 대해서는? 베아트리체의 열정에 대해서는? 무력하고 맹목적이고 복수심에 가득 찬 남자들의 정념이 들끓는 속으로 온화한 천사처럼 나타나서 그 존재만으로 그들을 구원하고 그 미소 하나로 극악무도한 범죄를 꺾어 버린 "배운 것 없는 처녀"의 침착하고도 헌신적인 지혜에 대해서는 무어라 말할까요?

58. 나아가 셰익스피어 극의 중요 인물 가운데 유일하게 연약한 여인이 있는데 그녀가 바로 오필리어라는 사실을 주시하십시오. 뼈아픈 모든 재앙이 일어난 이유는 결정적 순간에 오필리어가 햄릿을 도울 수 없었고, 햄릿이 그녀를 가장 필요로 했던 순간에 그녀의 천성이 햄릿을 이끌 수 없었기 때문입니다. 마지막으로 중요 인물 가운데 맥베스 부인, 리건, 고너릴 이 세 명의 사악한 여성이 있긴 하지만 이들은 놀라울 정도로 인생의 일반적 법칙으로부터 벗어난 예외적인 경우임을 알 수 있습니다. 그들이 선함을 저버린 정도에 비례해서 그들의 악한 영향력 역시 치명적입니다.

이상이 우리 삶에서 여인이 차지하는 위치와 성격에 대해 대체적으로 셰익스피어가 증언한 내용입니다. 셰익스피어는 여인들을 흔들림 없이 청렴결백하고 정의로우며 순수한 본보기, 신실하고 현명한 조언자로 그립니다. 그리고 비록 상황이나 인물을 구원할 수 없을 때라도 그들은 언제나 강력하게 슬기로운 조언자이며 성스러운 존재가 됩니다.

59. 이번엔 인간의 본성에 대한 지식이나 명분 및 운명의 경로에 대한 이해는 결코 셰익스피어와 비견할 수 없으나 근대 사회의 일반적인 사고 양식과 조건에 대해서는 가장 폭넓은 견해를 제시한 작가인 월터 스콧[30]의 증언을 들어 보시죠.

스콧의 글 중 그저 낭만적이기만 한 산문들은 별 가치가 없으므로 제외하겠습니다. 스콧의 초기 낭만시도 매우 아름

30　월터 스콧(Sir Walter Scott, 1771~1832). 스코틀랜드를 대표하는 문호로서 대표작으로 스코틀랜드의 역사를 다룬 소설 『웨이벌리』와 『아이반호』가 있다.

답긴 하지만 어린 소년의 이상 외엔 별다른 내용이 없습니다. 그러나 스코틀랜드의 역사를 바탕으로 쓴 좋은 작품은 진실된 증언을 담고 있습니다. 전체 작품에 영웅이라고 할 만한 인물이 단 세 사람 등장하는데, 덴디 딘몬트, 롭 로이, 그리고 클레버 하우스입니다. 한 명은 변경 지대에서 농사를 짓고, 다른 한 명은 약탈자, 세 번째 인물은 잘못된 명분을 위해 싸우는 군인입니다. 이들이 이상적인 영웅주의에 부합하는 점은 오로지 용기와 신념 그리고 지력입니다. 그런데 그들은 지력은 강하지만 교육받지 못했거나 지력을 잘못 씁니다. 스콧이 그린 젊은이들은 신사답긴 하지만 대적할 수 없는 운명의 피해자입니다. 그리고 그들이 어쩔 수 없는 시련을 견뎌 낸 경우는 운명이 도와줘서(혹은 우연으로) 가능했습니다. 시련을 견뎌 낸 것이지 극복한 것은 아니지요. 스콧의 남성상에는 지혜롭게 목적을 이루고 적대적인 악인들에게 단호히 도전하며 결의에 차서 그들을 정복하도록 훈련받은 진솔하고 일관된 인물이 없습니다. 반면 스콧이 상상하는 여성상은 앨런 더글러스, 플로라 매키버, 리리아스 레드곤틀릿, 앨리스 브리지노스, 앨리스 리, 지니 딘같이 우아하고 부드러우며 지력까지 갖춘 인물들로서 모두 확고하고 필연적인 위엄과 정의감을 지니고 있습니다. 이들은 여성의 의무를 진정으로 다하기 위해서는 말할 것도 없고, 그 의무의 겉모습을 갖추는 데도 두려움이 없으며 즉각적이고 지치지도 않고 반복적으로 자신을 희생합니다. 그리고 마침내는 애정을 깊이 절제하는 인내심 있는 지혜까지 보여 주는데 이런 지혜는 그들의 연인이 순간적인 실수를 하지 않도록 보호하는 데 그치지 않고 그 이상의 무궁무진한 일들을 할 수 있도록 해 줍니다. 이 여성들의 지혜는 하찮은 연인의 인성을 점차적으로 다듬어 활기차게 만들고 고양합니다. 그래서 이야기가 끝날 때쯤 이 여인들의 연인이 분에 넘치게 성공하는 것을 독자들이 그저 인내하며 들을 수 있게 됩니다.

스콧이나 셰익스피어 등 모든 경우에 젊은이를 감시하고 가르치고 이끌어 주는 인물은 여성입니다. 청년이 자기 애인을 감시하거나 교육하는 경우는 절대 없습니다.

60. 다음으로 더 진지하고 심오한 증언, 즉 위대한 그리스인과 이탈리아인의 증언을 간단하게나마 들어 봅시다. 단테가 쓴 위대한 시[31]의 구상이 무엇인지 잘 알고 계시죠? 죽은 여인[32]을 향한 사랑의 시요, 자신의 영혼을 굽어 살피는 여인에 대한 칭송 시입니다. 절대 단테를 사랑해서가 아니라 불쌍히 여겨서 살펴주는 것이긴 하지만 여인은 단테를 파멸에서 구원해 줍니다. 지옥에서 구해 주는 거죠. 절망에 빠진 그가 계속 그릇된 길로 가고 있는데 여인이 하늘에서 내려와 그를 도와줍니다. 그리고 천국으로 올라가는 내내 그의 스승이 되어 가장 난해하고 신성하면서도 인간적인 진리를 풀어 알려 주고 그를 계속 꾸짖어 가며 이 별에서 저 별로 인도해 갑니다.

저는 단테 시의 구상에 개연성이 있다는 주장을 하지 않겠습니다. 주장을 시작하면 멈출 수 없을 것 같아서요. 게다가 여러분이 이것을 한 시인의 터무니없는 상상력이라고 생각하실 수도 있고요. 그래서 피사의 어느 기사가 자신이 사모하는 살아 있는 여인에게 쓴 시에서 몇 줄을 여러분께 읽어 드리는

---

31   『신곡』을 말한다.

32   베아트리체를 말한다.

편이 나을 것 같습니다. 이 시는 단테 로세티[33]가 초기 이탈리아 시인들의 글을 골라 엮은 선집에 실린 것으로, 13세기에 살았던 고귀한 남성들의 감정적인 특징을 오롯이 담고 있으며, 기사의 사랑과 명예가 적힌 기록 중 잘 보존된 것입니다.

자, 보시오! 나의 사랑은 단연코

그대를 명예롭게 하며 그대를 섬기는 것이라는

그대의 법칙이 가결되었기에

나는 따르오. 그대의 다스림을 받는

종으로 받아들여진 것만으로도

더할 나위 없이 기쁘오.

온통 황홀할 지경이오.

기쁨의 꽃인 그대의 미덕을 섬기기로

뜻을 정한 바

그 어느 것도 후회나 고통을 일으킬 수 없을 거요.

나의 생각과 감각은

오직 그대에게만 머문다오.

샘에서 물이 흘러나오듯 모든 미덕이 그대로부터

흘러나오고

지혜 최선의 유익과 명예가

틀림없이 그대 안에 있음을 알 때

---

33 19세기 영국의 화가로 라파엘 전파의 창시자이자 시인인 단테 가브리엘 로세티(Dante Gabriel Rossetti, 1828~1882). 부친이 이탈리아의 시인이자 정치적 망명자였고 여동생은 19세기 영국의 대표적인 여성 시인인 크리스티나 로세티다. 어려서부터 이탈리아 문학을 즐겨 읽으며 자랐으며 특히 시인 단테를 동경해 그의 시를 탐독했다.

모든 지고의 선이 각각 그대에게 머물며
그대의 상태를 완전하게 이루고 있소.

여인이여, 나 그대의 아름다운 모습을
마음에 품은 이래로
나의 삶은 눈부신 빛과 진리
그 두 곳에 나누어 거해 왔소이다.
그때까지는 진정 어두운 곳
그늘 속을 더듬으며
많은 시간과 나날을
선함을 기억조차 못 하며 보냈소
그러나 이제 나 그대를
섬기나니 기쁨과 안식으로 충만하오
그대가 거친 야수를 남성으로 변화시켰소
나 그대의 사랑을 위해 사노니.

61. 기독교인 연인보다 그리스의 기사가 여성을 낮게 평
가했다고 생각하실 수도 있습니다. 여성에 대한 그리스 기사
의 정신적 복종이 그렇게 절대적이지는 않습니다. 그러나 여
성의 인성에 관해 말씀드릴 때 제가 셰익스피어 극에 등장하
는 여성 대신 그리스 여성을 택하지 않은 이유는 쉽게 이해하
시기 힘들 것 같아서입니다. 인간의 아름다움과 신뢰를 가장
인상적으로 보여 주는 인물로는 어머니와 아내의 심정을 고
스란히 드러내는 안드로마케[34]가 있으며, 신성한 지혜를 소유

34 그리스 신화에 나오는 트로이 전쟁의 영웅 헥토르의 아내.

했으나 그 지혜를 펼치지 못한 카산드라,[35] 장난기 있고 친절하고 소박한 공주의 삶을 산 행복한 나우시카,[36] 바다를 바라보며 차분한 주부로 살았던 페넬로페,[37] 언제나 인내하며 두려움 없이 희망은 없지만 헌신적인 경건성을 지닌 딸과 누이의 모습을 보여 주는 안티고네[38]가 있습니다. 순한 양같이 조용히 고개 숙인 이피게네이,[39] 그리고 마지막으로 부활을 기대하게 해 준 알케스티스[40]가 있습니다. 남편을 구하기 위해서 쓰라린 죽음의 고통을 조용히 견디어 내고 무덤에서 살아 돌아와 그리스인 영혼이 확실하게 부활을 기대하도록 한 알케스티스 말입니다.

62. 시간만 허락한다면 이런 예는 얼마든지 들 수 있습니다. 초서[41]의 예를 들어서 그가 왜 선한 남성이 아니라 선한 여성의 이야기를 썼는지를 말씀드릴 수 있을 겁니다. 스펜서

35 　트로이 왕 프리암의 딸로서 예언력을 지녔으나 아무도 믿어 주지 않는다.

36 　『오디세이아』에 나오는 인물로서 난파당한 오디세우스에게 도움을 주고 지혜로운 조언을 해서 오디세우스가 고향으로 무사히 돌아갈 수 있도록 하는 순수하고 품위 있는 조력자다.

37 　오디세우스의 아내로 트로이 전쟁에 출전한 남편이 전쟁이 끝난 후에 모험과 여행을 끝내고 이십 년 만에 집으로 돌아올 때까지 수많은 구혼자들 사이에서도 정절을 지킨다.

38 　테베 왕인 오이디푸스의 딸이다. 오빠 폴리네이케스의 시신을 크레온 왕의 칙령을 어기며 장사 지낸 죄로 무덤에 갇힌다.

39 　그리스 신화에 나오는 아가멤논과 클리템네스트라의 딸로 트로이 전쟁 중 아버지 아가멤논에 의해 아르테미스 여신에게 희생 제물로 바쳐진다.

40 　그리스 신화에 나오는 공주로 남편을 대신해서 죽었으나 헤라클레스가 죽음의 신인 하데스와 싸워 되살렸다.

41 　제프리 초서(Geoffrey Chaucer, 1343~1400). 영문학의 아버지로 알려진 시인.

[^42]의 작품을 예로 들어서 선녀 여왕의 기사들이 속기도 하고 정복을 당하기도 했던 과정을 보여 드릴 수도 있습니다. 그러나 유나[^43]의 영혼이 침울했던 적은 없으며 브리토마트[^44]의 창이 꺾인 적도 없습니다. 그렇습니다. 옛 고대 국가의 가르침으로 돌아가 보겠습니다. 가장 지혜로운 국가인 이집트의 위대한 국민은 전 세계를 다스릴 권력을 지닌 입법자 왕의 교육을 군주나 왕자가 아니라 공주에게 맡겼습니다. 이 위대한 국민들이 어떻게 여신을 지혜의 영으로 섬겼는지 그리고 지혜의 여신이 베 짜는 여인의 북을 지혜의 상징으로 손에 든 것은 어떤 영문인지 설명해 드릴 수도 있습니다. 어떤 연유로 그리스 사람들이 이집트 지혜의 여신을 믿고 순종하게 되었는지 그리고 그 지혜의 여신이 어떻게 올리브나무 가지 투구를 쓰고 구름 방패를 지닌 아테네 여신이 되었는지를 설명해 드릴 수 있습니다. 또 오늘날까지 예술과 문학 작품과 국가적 차원에서 가장 귀하게 여겨지는 미덕이 아테네에 대한 신앙 덕이라고 믿게 된 이유를 설명해 드릴 수 있습니다.

63. 그러나 멀고 먼 신화적 세계로 헤매어 들어가지는 않겠습니다. 다만 여러분께 이 위대한 시인들과 세계적인 인물들이 증언하는 내용에 합당한 가치를 부여해 달라는 부탁을 드리고자 합니다. 여러분도 아시다시피 이 문제에 대한 그들

[^42]: 에드먼드 스펜서(Edmund Spenser, 1552~1599). 셰익스피어와 더불어 16세기 영문학을 대표하는 시인으로 『선녀 여왕(The Faerie Queene)』이 대표작.
[^43]: 에드먼드 스펜서의 『선녀 여왕』에 등장하는 온순하고 겸손하며 아름다우면서도 강한 여성으로서 진리를 상징한다.
[^44]: 『선녀 여왕』에 등장하는 아름다운 공주로, 강하고 전술이 뛰어나다.

의 증언은 한결같이 동일하기 때문입니다. 이들이 자신의 역작에서 남녀 관계를 마음대로 지어냈거나 쓸데없는 견해, 아니 그보다 못한 상상으로 지어낸 견해를 제시하며 즐겼다고 보는 게 가능한지 묻고 싶습니다. 왜냐면 상상이라도 가능하다면 바람직한 것이 될 수도 있습니다만 이들의 상상적인 여성관은 상식적인 부부관에 비춰 볼 때 전적으로 바람직하지 않기 때문입니다. 우리는 여성은 스스로 생각하거나 누군가를 인도해서는 안 된다고 말하거든요. 남성이 더 현명하기 때문에 남성이 생각하고 남성이 다스리며 남성이 권력뿐 아니라 지식과 신중함에 있어서도 우월하다고 말하고 있으니까요.

64. 이 문제에 대해 우리 마음을 정하는 것이 중요하지 않겠습니까? 위대한 인물들이 잘못 판단하고 있는 걸까요? 아니면 우리가 잘못 알고 있는 건가요? 인형에 불과한 존재에게 셰익스피어, 아이스킬로스, 단테, 그리고 호머가 그럴싸한 옷을 입힌 걸까요? 아니면 여성에 대한 그들의 환상이 실현될 경우 모든 가정이 혼돈에 휩싸이고 모든 애정 관계가 파탄에 이를 수도 있는데, 인형보다도 못한 환상에 옷을 입힌 걸까요? 그럴 수 있다고 생각하신다면, 마지막으로 인간의 가슴이 증언하는 사실 증거를 택해 보십시오. 괄목할 만한 순결과 진보를 성취한 모든 기독교 시대에 남성은 사랑하는 여인에게 절대적으로 순종적인 헌신을 했습니다. 순종이라고 말씀드렸습니다. 이는 상상으로만 열광하고 숭배하는 것이 아니라 전적으로 복종했다는 뜻입니다. 남성은 사랑하는 여인의 나이에 관계없이, 비록 그녀가 매우 어리더라도, 그녀로부터 격려와 칭송 그리고 모든 노고의 대가를 받았습니다. 그뿐

만 아니라 남성에게 선택권은 있지만 결정하기 어려운 문제가 있을 경우 그가 노력을 기울여야 할 방향을 여인이 알려 주었습니다. 기사도를 남용하고 명예롭지 못하게 사용해서 잔인한 전쟁과 불의 그리고 가정 내의 고상하지 못한 타락한 관계가 일어나듯이, 기사도 본래의 힘과 순수함을 지킬 때는 신뢰와 법과 사랑을 수호할 수 있습니다. 초기 기사도의 명예로운 삶에 대한 개념에 따르자면 젊은 기사는 자신이 섬기는 숙녀에게 복종해야 합니다. 그녀가 비록 변덕스러운 명령을 내릴지라도 말입니다. 기사도가 숙녀에 대한 기사의 복종을 전제하는 이유는 진정한 교육을 받아서 기사도 정신을 지닌 기사에게 무엇보다 우선되는 필요한 마음가짐이 숙녀에 대한 맹목적 섬김이라는 사실을 기사도의 대가들이 알았기 때문입니다. 이런 진정한 믿음과 예속이 없는 곳엔 방종하고 사악한 열정이 있을 수밖에 없다는 사실을, 그리고 젊음을 바칠 유일한 사랑의 대상에게 환희에 차 순종할 때 남성의 힘이 신성해지고 지속적으로 목적을 추구할 수 있다는 사실을 알았기 때문입니다. 가치가 없는 여인에게라도 순종하는 순종 그 자체가 안전하거나 명예롭기 때문이 아닙니다. 교육을 제대로 받은 고상한 젊은이는 그가 신뢰하거나 순종할 수 없는 여인이라면 비록 좋은 충고나 신앙심 깊은 명령을 하더라도 그녀를 사랑하는 일은 있을 수 없습니다.

65. 이 주장을 위한 논의는 더 이상 않겠습니다. 사실을 받아들이는 여러분의 지식과 당연한 것들을 느끼는 여러분의 정서에 이 점이 즉각적으로 만족스럽게 수용되어야 한다고 생각하기 때문입니다. 기사의 갑옷을 그가 섬기는 부인의

손으로 직접 여며 주는 것을 그저 낭만적인 유행에 불과하다고 생각해서는 안 됩니다. 이 예식은 여성의 손으로 여며야만 영혼의 갑옷이 가슴에 꼭 맞는다는, 그리고 여성의 손이 영혼의 갑옷을 제대로 여며 주지 않을 때 남성의 명예는 실추하고 만다는 영원한 진리의 전형입니다. 아름다운 이 시구를 모르십니까? 저는 영국의 모든 젊은 숙녀들이 이 시구를 아셨으면 합니다.

> 아, 낭비가 심한 여인이여!
> 남성이 그 값을 치를 수밖에 없음을 알고서
> 자신의 귀한 몸에 스스로 값을 매기는
> 그녀는 낙원을 얼마나 값싸게 만들었는지!
> 소중한 재능을 거저 내주고,
> 빵을 아무렇게나 버려두고 포도주를 함부로 쏟아 버렸네.
> 각기 제대로 검약하게 썼더라면
> 야수는 인간으로, 인간은 신성한 존재로 거듭났을 텐데.[45]

66. 연인 관계에서 이 정도 말은 여러분이 받아들이시리라 믿습니다. 그러나 이런 관계가 일생 내내 지속되는 게 맞는지 종종 의심하시지요. 이런 관계가 연인과 정부 사이에는 해당되지만 부부 사이에는 그렇지 않다고 생각하시지요. 다시 말씀드리면 상대의 애정에 대해 아직 확신이 없고 그의 인생도 속속들이 알지 못하는 상태에서 그에게 존경과 애정을 바

---

45 코번트리 팻모어(Coventry Patmore, 1824~1898)의 장시 『집안의 천사(The Angel of the House)』(1854)에서 인용한 것이다.

치는 의무는 마땅하다고 생각합니다. 그러나 우리가 그의 애정을 온전히, 무한정 받게 되고 그의 인성을 면밀히 살펴본 후 그에게 우리의 행복을 맡기는 것이 두렵지 않을 때, 그 의무는 당연히 해제된다고 믿지요. 이런 태도가 얼마나 비열하고 비합리적인지 모르시겠습니까? 결혼(진정 결혼이라면)은 일시적인 섬김에서 지칠 줄 모르는 섬김으로, 변덕스러운 사랑에서 영원한 사랑으로의 이행을 서약하는 인장(印章)일 뿐이라고 생각하지 않으십니까?

67. 여러분은 인도자인 여인의 역할이 진정한 아내의 순종과 일치하는지 물으실 겁니다. 이 문제는 간단합니다. 여인의 역할은 결정을 내리는 데 있지 않고 길을 인도하는 데 있습니다. 이 힘이 어떻게 구별되는지 간단히 설명하겠습니다.

마치 남성과 여성을 비슷한 기준으로 비교하는 것이 가능하기라도 하듯이 한쪽 성이 다른 성보다 우월하다고 말한다면 어리석죠. 변명의 여지가 없을 정도로 어리석은 겁니다. 한쪽 성은 다른 성이 갖지 못한 것을 갖고 있습니다. 양성은 각각 서로를 완성합니다. 남성과 여성은 전혀 유사하지 않고 남성과 여성의 행복과 완전은 오직 상대방만이 줄 수 있는 것을 구하고 받을 수 있느냐에 달려 있습니다.

68. 남성과 여성의 성격은 대략 이렇습니다. 남성은 능동적이고 진보적이며 방어적인 힘을 지닙니다. 뛰어난 행위자이며 창조자이며 발견자이고 방어자입니다. 그는 사색하고 발명하는 데 탁월한 지력을 가졌고 모험과 전쟁과 정복의 에너지를 소유합니다. 전쟁이 정당하고 정복이 필요한 경우에

말입니다. 여성은 전쟁을 하는 힘이 아니라 다스리는 힘을 소유합니다. 그녀의 지력은 발명이나 창조에 능한 것이 아니라 아름다운 질서를 유지하고 배열하고 결정을 내리는 데 능합니다. 여성은 사물의 본질과 요구와 자리를 이해합니다. 여성의 위대한 역할은 칭찬하는 겁니다. 그녀는 누구와도 경쟁하는 관계를 맺지 않습니다만 경쟁의 면류관이 누구의 것인지는 정확하게 판단합니다. 여성은 그 역할과 자리로 인해서 모든 위험과 유혹으로부터 보호받습니다. 남성은 넓은 세상에서 거친 일을 하기 때문에 온갖 위험과 시험을 겪을 수밖에 없습니다. 그래서 실패하고 공격을 받고 어쩔 수 없는 실수를 저지릅니다. 그는 자주 상처받고 굴복하고 길을 잘못 듭니다. 그래서 언제나 경직됩니다. 남성은 이 모든 상황으로부터 여성을 보호합니다. 여성이 다스리는 그의 가정 안으로 어떠한 위험이나 유혹, 실수나 공격 원인도 들어올 수 없습니다. 여성이 원하지 않는 한 그렇습니다. 이것이 진정한 가정의 모습입니다. 가정은 평화가 있는 곳이며 상처뿐 아니라 모든 두려움과 의심과 분열로부터 휴식을 얻을 수 있는 곳입니다. 이런 곳이 될 수 없다면 가정이 아닙니다. 바깥세상의 걱정거리가 침투해 오고 변덕스러우며 알 수 없고 사랑이 없거나 적대적인 외부 세계가 그 가정의 문지방을 넘도록 남편이나 아내가 용인할 때 그곳은 더 이상 가정이 아닙니다. 그곳은 그저 지붕을 씌우고 난로를 지폈을 뿐 바깥세상입니다. 성스러운 곳이요 순결한 베스타 여신의 사원이며 가정의 수호신이 지켜 주는 난로의 사원일 경우에만 그곳은 가정입니다. 네, 가정은 이런 곳입니다. 가정의 수호신이 사랑으로 맞이할 수 있는 사람 외에는 아무도 들어올 수 없는 곳입니다. 가정은 그 지붕과 난로가 더욱 숭고한 그늘과 빛의 유형이 되는, 즉 지치고 힘든 땅에서 바위 밑 그늘이 되고 광풍이 몰아치는 바다에서 파로스의 등댓불이 되는 곳입니다. 가정의 이름에 걸맞고 가정이 받는 찬사를 실현하는 곳입니다. 이런 곳이 가정입니다.

진실한 아내가 있는 곳에는 언제나 이런 가정이 있습니다. 그녀의 머리를 가리는 지붕이 없어 머리 위에 별이 비추고 있다 하더라도, 그녀의 발밑을 따뜻하게 비춰 주는 유일한 불이 추운 밤 풀숲 속 개똥벌레뿐일지라도 그녀가 있는 곳에 가정이 있습니다. 고결한 여인의 가정은 백양목으로 지붕을 얹고 붉은 칠을 한 궁전의 빛보다 따뜻하고 고요한 빛을 그녀 주변에 널리 비춰 줍니다. 그 빛은 가정이 없는 사람들에게까지 멀리 비칩니다.

69. 이것이야말로 여인의 참된 위치요 힘이라고 저는 믿습니다. 인정하지 않으십니까? 그러나 이 역할을 다하기 위해서 여성은 실수를 하지 말아야 한다고(인간에게 이런 말을 할 수 있다면) 생각하지 않으세요? 여성이 다스리는 한 모든 것은 옳아야 합니다. 그렇지 않다면 옳은 것은 하나도 없습니다. 그녀는 지속적으로 변함없이 훌륭해야 하며 본능적으로 확실하게 지혜로워야 합니다. 자기 계발을 위한 지혜가 아니라 자기 부정을 위한 지혜를 키워야 합니다. 남편 위에 군림하기 위해서가 아니라 남편의 곁을 지키기 위해서 지혜로워야 합니다. 오만하고 사랑이 없는 협소한 자만심에서 나오는 지혜가 아니라, 무한히 적용할 수 있어서 끝도 없이 다양하게 펼쳐지는 겸손한 섬김의 열정이 가득한 온화한 성정에서 나오는 지혜여야 합니다. 이것이야말로 진정한 여성의 변화성입니다. 그러

한 위대한 의미에서 "여인은 변합니다(La donna e mobile)." 그러나 "바람에 나는 깃털 같은(Qual pium' al vento)"[46] 것은 아닙니다. 그렇습니다. 절대로 "가볍게 흔들리는 사시나무 그늘처럼 변하기 쉬운"[47] 것이 아니라, 그 빛이 비추는 모든 것들의 색을 띠면서 그 색의 아름다움을 드러내어 찬미하기 위해 잔잔하고 고요하게 여러 갈래로 갈라지는 빛처럼 변화할 수 있는 것입니다.

70. 지금까지 저는 여성의 힘이 무엇이며 여성의 자리는 어떤 건지를 보여 드리고자 했습니다. 이제 두 번째로 이 힘과 자리에 걸맞도록 여성을 키워 줄 교육은 어떠해야 하는지 묻겠습니다.

그리고 지금까지 제가 말씀드린 것이 여성의 임무와 위엄에 관한 정당한 이해라고 여기신다면 그 임무에 걸맞게 그리고 그 위엄에 이르도록 여성을 키워 줄 교육 과정을 찾아내는 일은 어렵지 않을 겁니다.

여성을 위해 우선적으로 해야 할 일은 그들을 건강하게 키우고 그들의 아름다움을 완전하게 해 줄 신체적 교육과 운동을 반드시 확보하는 겁니다. 생각이 깊은 분이라면 이 점을 의심하지 않을 겁니다. 섬세한 힘과 활발함에서 발휘되는 광채가 없다면 가장 품위 있는 여성의 아름다움을 얻을 수 없기에 그렇습니다. 여성의 미를 완성하고 아름다움의 힘을 향상

---

46 베르디(Giuseppe Verdi)의 오페라 「리골레토」(1851) 3막에 나오는 칸초네의 가사에서 인용.

47 월터 스콧의 시 「마미온」(1808)에서 인용.

하기 위한 것이라고 저는 말씀드립니다. 아름다움의 힘은 아무리 강해도 지나치지 않고 그것의 성스러운 빛 또한 아무리 멀리 비친다 해도 지나치지 않습니다. 신체의 자유에 상응하는 정신의 자유가 없다면 아름다워질 수 없다는 사실만을 기억해 주십시오. 여기 아름다움의 원천을 알려 주는 시구가 있습니다. 시적 힘은 뛰어나지 않아도 시의 절묘한 정확성이 다른 시인들보다 두드러진 시인이 쓴 시로서 이 구절은 완결된 여성적 아름다움을 몇 마디 안 되는 말로 설명해 주는군요. 읽어 드리겠습니다. 특히 마지막 연의 도입부에 주의를 기울여 주십시오.

그녀는 햇살과 소나기 속에서 삼 년을 자랐네.
그러자 자연이 말했지 "이보다 더 아름다운 꽃
지상에 심긴 적 없으니
이 아이는 내가 차지해야겠다.
그녀는 나의 것이 될 거요,
나만의 숙녀로 삼겠노라.

나 자신이 나의 소중한 이에게
율법이요 충동이 되겠노라. 또 나와 함께
이 소녀는, 바위와 평원에서,
땅과 하늘에서, 숲속 빈터와 나무 그늘에서,
불붙게 하거나 자제케 하는
보살피는 힘을 느끼리.

흘러가는 구름들이 그녀에게 자리를 내주고,

그녀를 위해 버드나무가 휘어지리.
폭풍우의 요동 속에서도
말없는 공감으로
처녀의 모습으로 빚어 줄 은총을
그녀가 반드시 알아차리리.

그리고 활기찬 기쁨의 감성이
그녀를 당당히 큰 키로 키우고,
처녀의 가슴을 부풀리리라.
이곳 행복한 골짜기에서
그녀와 내가 함께 사는 동안
이런 생각들을 나 그녀에게 주리."⁴⁸

"활기찬 기쁨의 감성"에 유의하십시오. 기쁨의 감정이 치명적일 수도 있습니다만 자연스러운 감정은 생명에 필요한 활기가 있는 감정입니다.

감정이 활기차려면 그건 기쁨의 감정이어야 합니다. 어린 소녀를 행복하게 해 줄 수 없다면 그녀를 아름답게 만들 수 없습니다. 착한 소녀의 본성을 제한하고 그녀의 애정이나 노력의 본능을 억제하면 반드시 그녀의 모습에 지울 수 없는 흔적이 남을 겁니다. 이러한 흔적은 순수한 눈망울에서 빛을 앗아 가고 선한 이마에서 매력적인 아름다움을 빼앗아 가기에 고

---

48 「그녀는 삼 년간 자랐네(Three Years She Grew)」. 윌리엄 워즈워스(William Wordsworth, 1770~1850)의 시로서 『서정 민요집(Lyrical Ballads)』(1798)에 수록됐다. 「루시의 시(Lucy Poems)」로 알려진 다섯 개 시 중 하나로 루시와 자연의 관계를 묘사한다. 인용 부분은 전체 일곱 연 중 1, 2, 4, 6연이다.

통스럽습니다.

71. 이상은 방법에 관한 말씀이었습니다. 이제 목적을 주목해 주십시오. 좀 전에 인용했던 시인이 단 두 줄로 여성의 아름다움을 완벽하게 묘사한 시구를 인용하겠습니다.

아름다운 기록과 그에 못지않게 아름다운 약속들이
서로 만나 이룬 용모[49]

여성 용모의 완벽한 아름다움은 행복하고 유익했던 과거의 기억으로 이루어진 당당한 평화에만 깃듭니다. 변화와 약속이 충만하며, 당당한 어린아이 같은 순수가 이런 기억들과 결합하는 곳에 여성의 완벽한 아름다움이 있습니다. 앞으로 나은 것을 얻고 부여받을 수 있다는 희망의 약속은 항상 열려 있으며 겸손하면서도 밝습니다. 이런 약속이 있는 곳에 노년은 없습니다. 약속은 영원한 젊음입니다.

72. 이런 식으로 먼저 여성의 신체적 틀을 만들어야 합니다. 그렇게 체력이 갖춰지면 그 체력이 허용하는 한 지식과 사고로 정신을 채우고 단련해야 합니다. 여성의 정신을 채울 지식은 여성의 타고난 본능적 정의감을 강화하고 예민한 사랑을 세련되게 다듬는 데 기여합니다.

여성은 이런 지식을 가지고 남성의 일을 이해하고 도와줄

---

49 윌리엄 워즈워스의 시 「그녀는 기쁨의 정령이었다(She was a Phantom of Delight)」의 15~16행이다.

수 있어야 합니다. 그러나 그 지식이 여성의 지식적 대상으로, 혹은 그런 대상이 될 수 있는 것처럼이 아니라 감정과 판단의 대상으로 전달되어야 합니다. 그녀가 여러 언어를 구사하느냐 한 개 언어만 구사하느냐는 여성 내면의 자존심이나 완벽성이라는 면에서는 중요하지 않습니다. 그러나 외국인에게 친절을 베풀고 그의 모국어의 아름다움을 이해할 줄 아는 것은 지극히 중요한 문제입니다. 이런저런 학문을 익혀 아는지는 여성의 가치나 위엄에 중요하지 않습니다. 그러나 그녀가 정확한 사고 훈련을 받고 그런 습관을 들이는 것, 자연법칙의 의미와 불가피성과 그 위대함을 이해할 수 있는 것 그리고 과학적 학문의 길 가운데 하나를 따라가서 쓰디쓴 굴욕의 골짜기의 문지방까지 이르는 것은 아주 중요한 일입니다. 굴욕의 골짜기로 내려가는 사람은 지혜롭고 용감한 분들이지요. 이분들은 자신이 학문이라는 망망대해의 해변가에서 자갈돌이나 주워 모으는 어린아이에 불과하다는 것을 자백하는 분들입니다. 도시의 위치나 사건들이 일어난 날짜를 얼마나 많이 아는지 그리고 얼마나 많은 유명인의 이름을 아는지는 중요하지 않습니다. 여성을 백과사전으로 만드는 게 교육의 목표가 아니기 때문입니다. 그러나 그녀가 읽고 있는 역사 안으로 그녀의 전 인격이 들어가서 빛나는 상상력으로 그 역사의 현장을 생생하게 그려 내고 뛰어난 본능으로 애처로운 상황과 극적인 관계를 이해하는 것은 중요합니다. 이런 상황과 관계는 역사가들의 추론 과정에서 빈번하게 가려지고 사건의 배열 속에서 사라집니다. 이렇게 가려져서 보이지 않게 된 신적 보상의 공정성을 찾아내고, 어둠을 꿰뚫고 과오와 응보를 불로 엮은 운명의 실타래를 보는 것이 여성의 몫입니다. 그러나 무엇보다도 그녀가 평화롭게 호흡하는 지금 이 순간이 지나면 영원히 되돌릴 수 없는 역사와 현재의 재난에 공감하는 범위를 넓히도록 교육받아야 합니다. 여성이 그 재난의 고통을 진정으로 애도한다면 앞으로 이런 재난이 다시 일어나지 않도록 막을 수 있을 겁니다. 보지는 못하지만 여전히 현실로 발생하고 있는 고통의 실재를 매일같이 직면할 때 그것이 자신의 정신과 행동에 어떤 영향을 끼칠지를 상상할 수 있도록 훈련해야 합니다. 하나님께서 사랑하고 머무시는 세계에 비해 그녀가 사랑하며 살아가는 이 작은 세계가 얼마나 보잘것없는지 배워서 깨달아야 합니다. 그녀가 생각하는 사람의 많고 적음에 비례해 경건한 생각이 강해지거나 약해지지 않도록, 그리고 남편과 자녀의 고통이 잠시 줄어들기를 바랄 때보다 아무도 사랑해 줄 사람 없는 다수의 "외롭고 억압받는 자들"을 위해 기도할 때 기도가 약해지지 않도록 엄중하게 배워야 합니다.

73. 지금까지는 여러분도 제 말에 동의하시리라 생각합니다. 그런데 반드시 드릴 말씀이 있는데 이 말에는 동의하지 않으실 겁니다. 여성이 배워서는 안 될 위험한 학문이 있습니다. 여성이 그 학문에 손을 댄 게 매우 불경스러운 일임을 알게 해 주는 신학입니다. 여성은 자신의 능력을 믿지 못해 매 단계마다 확실한 논증이 가능한 학문일지라도 입문을 주저할 정도로 겸손합니다. 반면 그런 여성들이 가장 위대한 남성도 두려워 떨었고 가장 현명한 남성도 오류를 범했던 신학이라는 학문에 자신의 능력이 미치지 못할 거란 생각조차 하지 않은 채 무모하게 달려드는 것은 이상한 일입니다. 여성이 자족하며 자부심에 가득 차서 온갖 악덕과 어리석음, 교만과 무례, 무지

한 몰이해를 한데 묶어서 하나님께 드리는 신성한 몰약 꾸러미를 만든다는 건 매우 기이한 일입니다. 사랑의 화신으로 태어난 여성이 자신이 아는 바가 가장 적은 분야에서 앞장서 정죄하고 하나님의 심판 보좌에 이르는 계단을 기어 올라가서 그 보좌를 하나님과 함께 차지할 자로 자신을 천거할 생각을 하다니 이해할 수 없는 일입니다. 무엇보다도 기이한 일은 가정불화를 일으키는 정신적 습관을 갖게 된 것이 위로의 영인 성령의 인도를 받아서라고 생각하는 겁니다. 그리고 감히 기독교의 신들을 마음대로 추한 우상으로 만들어 자신이 마음 내키는 대로 옷을 입히는 영적인 꼭두각시로 만든 것이 정말 기이합니다. 그 우상을 깨트렸다가는 아내의 비명을 들을까 봐 남편들은 서글픈 경멸감을 느끼며 우상들에게 가까이 가지 않습니다.

74. 이 점을 제외하면 소녀의 교육은 그 과정과 교재에 있어 소년의 교육과 같아야 한다는 게 제 생각입니다. 그러나 방향은 달라야 하겠지요. 어느 계층 여성이든 남편이 알고 있는 바는 반드시 알아야겠지만 그걸 아는 방식은 남편과 달라야 합니다. 남편의 지식은 근본적이며 진보적이어야 하는 반면 아내의 지식은 일상에 유익하도록 일반적이고 우수해야 합니다. 여성의 교육 방식대로 남성도 현재 도움이 될 유용성을 얻도록 먼저 교육받고 이후 사회 기여에 가장 적합한 학문 분야에서 정신력을 훈련하고 교육하는 게 나을 수도 있습니다. 넓게 보자면 남성은 그가 배우는 언어나 학문을 철저히 알아야 합니다. 여성은 남성과 동일한 언어나 학문을 배우되 남편과 그의 절친한 친구들이 느끼는 즐거움을 공감할 정도로만 익

혀야 합니다.

75. 여성의 교육 범위를 정교하고 정확하게 관찰하십시오. 기본 지식과 피상적 지식 사이에는 큰 차이가 있습니다. 확실한 기초 지식과 미미한 겉핥기식 지식 사이에는 큰 차이가 있습니다. 여성은 아는 것이 아무리 적다하더라도 그것으로 언제나 남편을 도와줄 수 있습니다. 그러나 반쯤 알거나 잘못 아는 것으로는 남편을 성가시게 할 뿐입니다.

소년과 소녀의 교육에 차이가 있다면 저는 소녀를 먼저 심오하고 진지한 주제로 인도해야 한다고 말씀드리겠습니다. 왜냐하면 소녀의 지성이 먼저 발달하기 때문입니다. 소녀는 하찮은 책을 읽어서는 안 되며 그들이 읽는 책은 타고난 명민한 재치와 날카로운 사고에 인내와 진지성을 더해 주고, 또 고상하고 순수한 사고를 지속할 수 있게 해주는 책으로 숙고해서 정해야 합니다. 책을 고르는 문제는 지금 거론하지 않겠습니다. 단 순회도서관 책 더미에서 어리석음의 샘에서 뿜어 나오는 물보라 중 가장 가벼운 끝물에 젖은 상태로 책들이 쏟아져 내릴 때 그녀 무릎 위로 쌓지는 마십시오.

76. 지혜의 샘에서 뿜어 나오는 물보라에 젖은 책이라도 소녀의 무릎 위로 떨어뜨리지 마십시오. 소설을 읽고 싶은 괴로운 유혹에 대해 말씀드리자면, 소설이 나빠서 두려워하는 게 아닙니다. 오히려 소설이 지나치게 흥미롭기 때문에 걱정하는 겁니다. 가장 허술한 소설보다 형식이 저속하고 종교적이며 자극적인 글이 사람을 더 미련하게 만듭니다. 최악의 소설보다 거짓 역사, 철학, 정치 에세이가 사람을 타락시킵니다.

그러나 최고의 소설은 위험합니다. 만약 그 소설의 자극으로 인해 일상적인 삶이 무덤덤해 보인다면, 그래서 우리와 전혀 관계없는 소설 속 장면들을 경험해 알고 싶어 하는 쓸모없는 병적 갈망을 더한다면 아주 위험한 일입니다.

77. 좋은 소설만 말씀드리겠습니다. 이 시대에는 좋은 소설이 특히 많습니다. 잘 읽기만 하면 좋은 소설은 매우 이롭습니다. 인간 본성을 그 구성 요소로 연구하는 도덕 해부학이나 화학 소논문과 다를 바 없기 때문입니다. 그러나 이런 소설의 기능을 중요하게 여기지 않겠습니다. 왜냐하면 이런 기능이 발휘될 정도로 소설이 진지하게 읽히는 일은 거의 없기 때문입니다. 소설의 일반적인 최고 기능은 친절한 독자의 자비심을 어느 정도 확장해 주고 악의적인 독자일 경우엔 신랄함을 증대해 주는 겁니다. 소설에서 각자의 기질에 맞는 양식을 섭취하기 때문이죠. 본성이 교만하고 시기심이 많은 사람은 새커리[50]의 소설에서 인류에 대한 경멸을 배울 겁니다. 본성이 온화한 사람은 인류에 대한 동정심을 배우겠지요. 본성이 천박한 사람은 인류를 비웃을 거고요. 소설은 이전에는 희미하게 알던 인간에 대한 진리를 선명하게 드러내 주어 유익합니다. 그런데 생생히 서술하려는 유혹이 너무 커서 일류 작가마저도 종종 그 유혹을 뿌리치지 못합니다. 그러면 과격한 일방적 표현이 되어 생동감이 넘치는 견해도 이롭기보다는 해로

---

50   윌리엄 새커리(William Makepeace Thackeray, 1811~1863). 19세기 영국 소설가로서 영국 사회를 풍자적으로 그린 『허영의 시장(Vanity Fair)』이 대표작이다.

워집니다.

78. 소설 읽기를 얼마나 허용해야 하는가를 여기서 결정하지는 않겠지만 이것 하나만은 주장하겠습니다. 소설을 읽든 시나 역사물을 읽든 책을 그 효용성으로 골라서는 안 되며 반드시 내용으로 골라야 한다는 점입니다. 영향력이 큰 책 안에 여기저기 붙어 있거나 숨어 있는 위험과 악이 고결한 소녀에게 해를 입히는 일은 없습니다. 그러나 내용 없는 공허한 저자는 소녀를 우울하게 하고, 그의 쾌활한 어리석음은 소녀의 품격을 떨어뜨립니다. 오래된 고전으로 가득 찬 훌륭한 서가를 이용할 수 있다면 굳이 책을 고를 필요가 없습니다. 요즘 나오는 잡지나 소설은 따님의 손이 닿지 않는 곳에 두십시오. 비가 추적추적 내리는 날이면 고전이 가득한 서고에 따님을 혼자 내버려 두십시오. 자신에게 이로운 것이 무엇인지 찾아내게 될 겁니다. 부모가 찾아 줄 수는 없습니다. 왜냐면 소녀의 성품을 만들어 가는 과정은 소년과 다르기 때문입니다. 소년은 바위처럼 깎아서 만들 수 있습니다. 품성이 남달리 훌륭한 소년의 경우에는 청동 작품을 다루듯이 망치질을 해서 형태를 잡아 갈 수도 있습니다. 그러나 소녀는 망치질로 형태를 잡을 수 없습니다. 그녀는 꽃이 자라듯이 자랍니다. 햇빛이 없으면 시들고 맙니다. 충분한 공기가 없으면 소녀는 수선화처럼 꼬투리 속에서 시들어 갑니다. 인생의 중요한 시기에 도움을 주지 않으면 꽃봉오리를 떨구어 흙이 묻을 겁니다. 그래도 소녀에게 족쇄를 채울 수는 없습니다. 소녀는 자신만의 아름다운 형태와 방식을 취할 것이며 심신 양면에 있어 언제나 "집안에서의 동작은 가볍고 자유로우며 발걸음엔 처녀만의

자유로움이"[51] 있어야 합니다.

어린 사슴을 들판에 풀어놓듯이 소녀를 서고에 풀어 놓으십시오. 어린 사슴은 무엇이 이로운 풀이고 무엇이 해로운 풀인지를 여러분보다 수십 배는 더 잘 알아서 가시가 있는 쓴 풀도 먹을 겁니다. 그 풀은 어린 사슴에게 이로운 풀이지만 여러분은 이롭겠단 생각조차 해 본 적 없는 풀입니다.

79. 예술의 가장 훌륭한 표본만 소녀들에게 보여 주십시오. 소녀가 여러 기량을 정확하고 천천히 익혀 자신의 성취 이상을 이해할 수 있도록 하십시오. 가장 훌륭한 표본은 가장 진실하며 단순하면서도 유익합니다. 이 형용사들을 주목하십시오. 이것들은 모든 예술 형태에 해당됩니다. 해당 사항이 가장 적게 생각되는 음악에 이 형용사를 붙여 보십시오. 가장 진실한 음악이란 가사의 의미나 음악이 환기하고자 하는 감정의 특성을 음을 통해 가장 면밀하고 충실하게 표현하는 음악입니다. 가장 단순한 음악은 가장 함축적인 음을 가장 적게 써서 가사의 의미와 선율을 만들어 내는 것입니다. 마지막으로 가장 유익한 음악은 가장 좋은 가사를 가장 아름답게 만드는 음악입니다. 가사 하나하나가 영광스러운 음과 더불어 듣는 이들의 기억을 사로잡으며 그 의미가 필요한 순간 가슴에 절절히 다가오는 그런 음악입니다.

80. 교육 과정과 교재뿐 아니라 교육 정신에 있어서도 소녀의 교육은 소년의 교육만큼 진지해야 합니다. 여러분은 따

51   윌리엄 워즈워스의 시 「그녀는 기쁨의 정령이었다」의 13, 14행.

님이 부엌 그릇장의 부속품이 될 운명으로 태어난 것처럼 키웠습니다. 그러고는 따님이 경박하다고 불만을 표하십니다. 아들이 누리는 혜택을 따님에게도 제공하십시오. 아들과 동일하게 따님 안에 내재하는 위대한 본능적 미덕에 호소하십시오. 소녀의 존재를 떠받치는 두 기둥이 용기와 진리라는 것도 가르치십시오. 그들이 본능적 미덕에 호소하는 이 소리에 응답하지 않겠습니까? 어린 소녀들의 용기나 신실함이 문을 여닫는 예법의 절반만큼도 중요하게 여겨지지 않는 이 기독교 국가에 소녀들을 위한 학교가 거의 하나도 없고 소녀들을 세워 주는 방식에 있어서 모든 사회 조직은 비겁함과 사기로 가득한 끔찍한 역병과 같은 이런 상황에서도 용감하고 진실한 소녀들이 말입니다. 감히 주변인들이 원하는 방식으로 소녀가 삶을 살아가거나 사랑하도록 만드는 것이 비겁함이요, 현혹되지 않고 흔들리지 않는 힘을 갖추는 것이 그들 미래의 행복을 좌우하는 이 시기에, 우리의 교만을 위해서 온통 벌겋게 달아오른 세속적인 최악의 허영을 소녀들의 눈앞에 들이대는 것은 사기입니다.

81. 마지막으로 소녀들에게 고상한 가르침뿐 아니라 훌륭한 선생님도 붙여 주십시오. 아들을 학교에 보내기 전에 아들을 가르칠 선생님이 어떤 분일까 생각할 겁니다. 선생님이 어떤 분이건 간에 여러분은 아들의 교육에 대한 전권을 선생님께 드리고 그분에 대한 존경심을 표합니다. 선생님이 저녁을 들러 오시면 그분을 옆 상에서 대접하며 하대하지 않을 겁니다. 그리고 대학에 입학하면 아들의 직속 지도 교수가 더 높은 지위의 지도 교수의 지시를 받는다는 걸 알고선 더할 수 없는

경의를 지도 교수의 윗사람께 표합니다. 크라이스트처치의 학장이나 트리니티 칼리지의 교장을 자신보다 못한 사람으로 취급하는 일은 절대 없습니다.

그런데 따님은 어떤 선생님께 보내고 그 선생님께 어떤 존경심을 품으시나요? (마치 딸의 영혼이 잼이나 식료품보다 값싼 양) 여러분은 따님의 선생님을 가정부보다 못하게 대우합니다. 그리고 저녁에 응접실에 앉히는 걸 호의라도 베푸는 양 생각합니다. 그런 사람에게 따님의 도덕적·지적 인격 형성 전체를 의뢰한다면, 따님은 자신의 행동이나 지성이 중요하다고 생각하겠습니까?

82. 독서와 예술에 대한 이야기는 이 정도에서 마무리하겠습니다. 도움 될 게 하나 더 있는데 여성은 이것 없이는 살 수 없습니다. 이 하나가 나머지 모든 요소가 끼치는 영향보다 큰 영향을 줍니다. 바로 야생적인 아름다운 자연의 도움입니다. 잔 다르크가 어떤 교육을 받았는지 들어 보십시오.

이 가난한 소녀의 교육은 현재의 기준으로 볼 때는 형편없는 것이었습니다. 그러나 한결 순수한 철학적 기준에 따르자면 말할 수 없이 장대한 것이었습니다. 그녀가 받은 교육은 오로지 우리 시대에만 적합하지 않은데 이유인즉 우리가 그런 교육을 할 수 없기 때문입니다…… 그녀의 위대함은 정신적인 우월성에 바탕하나 그녀가 처했던 상황에서 힘입은 바도 큽니다. 끝없이 펼쳐진 숲에 동레미 샘이 있었고 그곳은 요정이 빈번하게 출몰해서 날뛰는 것을 막기 위한 목적으로 교구 신부가 일 년에 한 번씩 미사를 드리는 곳입니다…… 동레미 숲은 그 땅의 영광된 장소였습니다. 그 숲에는 높이 솟아올라 비극적 기운을 띠는 신비한 힘과 고대 비밀들이 있습니다. '무어인들의 힌두교 사원'과 같은 '수도원들과 수도원 창들'이 그곳에 있었습니다. 독일 의회와 투렌에서 군주의 권력을 행사했던 이 수도원에는 아름다운 종들이 있어서 아침저녁으로 예배마다 숲속에 울려 퍼지는데 그 소리가 수킬로미터 밖에서도 들립니다. 그 종들 하나하나에는 꿈같은 전설이 깃들어 있습니다. 수도원이 몇 안 되고 또 멀리 흩어져 있어서 이 지역의 깊은 고독을 해치지는 않습니다. 그러나 그 수도원들이 없었더라면 이교도들의 야생지로 보였을 이 지역에 기독교의 성스러움을 그물이나 덮개처럼 펼쳐 덮을 만큼은 많이 있었습니다.

영국에는 반경이 30킬로미터에 이르는 깊은 숲은 없습니다만 여러분이 원하기만 한다면 자녀들을 위해 요정 한둘은 둘 수도 있을 겁니다. 원하십니까? 여러분 집에 아이들이 뛰어놀 만한 너른 뒤뜰이 있다고 생각해 보십시오. 아이들이 뛰어다닐 잔디밭 정도면 됩니다. 그리고 그 집을 바꿀 수는 없지만 원한다면 그 잔디밭 한가운데 석탄갱을 파고 꽃밭을 코크더미로 만들어서 수입을 두 배, 아니 네 배까지 올릴 수 있다고 생각해 보십시오. 여러분이라면 그러시겠습니까? 아니겠지요. 그러신다면 잘못입니다. 수입이 네 배가 아니라 육십 배가 된다 하더라도 잘못입니다.

83. 그런데 여러분은 영국 전역에서 그런 일을 하고 있습니다. 이 나라 전체는 작은 정원입니다. 자녀에게 모두 뛰어놀라고 허락만 한다면 여러분의 자녀들이 뛰어놀 잔디밭인 거죠. 그런데 여러분은 이 작은 정원을 용광로가 있는 마당으로

바꾸고, 할 수만 있다면 잿더미로 가득 채우려 합니다. 그러면 여러분이 아니라 여러분 자녀들이 고통을 당할 겁니다. 요정들이 모두 쫓겨나지는 않을 테니까요. 숲의 요정이 있듯이 용광로의 요정도 있습니다. 그 요정들이 주는 첫 선물은 "장사의 날카로운 화살" 같겠지만 마지막 줄 선물은 "로뎀나무의 숯불"[52]입니다.

84. 저에게 이보다 마음이 가는 주제는 없습니다만 그렇다고 여러분에게 강요할 수는 없습니다. 우리가 자연의 힘을 소유한 동안 선용하지 못했기 때문에 자연의 힘을 잃어버린 지금 우리가 잃은 것이 무엇인지 알지 못합니다. 머시 건너편으로 스노든과 메나이 해협이 있습니다. 앵글시 늪지 너머로는 거대한 화강암 바위가 있습니다. 한때 성스럽게 여겼던 바위의 밑둥은 깊은 바다에 박혀 있고 그 정상은 히스가 만발하여 찬란하게 빛납니다. 이 바위는 서쪽을 바라보는 신성한 곳입니다. 홀리헤드 또는 갑으로 알려진 이 바위의 붉은빛이 폭풍 속에서 처음 번쩍이는 모습을 볼 때면 아직도 경외심이 입니다. 우리에겐 이런 언덕과 만, 그리고 푸른빛이 도는 내해가 있습니다. 그리스인들이었다면 이런 자연을 언제나 귀히 여기며 사랑했을 테고 이 자연 현상이 국민정신에 영향을 미친다는 사실을 당연하게 여겼을 겁니다. 스노든은 여러분에게 파르나소스[53] 같은 곳인데 거기 사는 영감의 여신들(뮤즈)은 어디에 있습니까? 홀리헤드산은 여러분의 에기나 섬과 같은

---

52 「시편」 120편 4절. 원문은 킹 제임스 버전(King James Version)에서 인용했다.
53 파르나소스산은 아폴로의 신전이 있는 디오니소스와 뮤즈들의 영지다.

곳인데 도대체 미네르바의 신전은 어디에 있는 겁니까?

85. 1848년까지 기독교의 미네르바가 우리의 파르나소스 산 그늘 밑에서 이룬 업적에 대해 읽어 드릴까요? 교육 위원회가 출판한 웨일스 보고서 261쪽에 웨일스 학교에 대한 짧은 설명이 있습니다. 이곳은 5000명 정도가 사는 마을 근처 학교입니다.

그때 저는 거의 대부분이 입학생이고 규모가 컸던 한 학급을 불러냈습니다. 여자아이 세 명이 그리스도에 관하여 들은 적이 없다고 거듭 말했습니다. 두 명은 하나님에 관하여 들은 적이 없댔고요. 여섯 명 중 두 명은 그리스도가 아직도 현세에 살아 계시는 걸로 알았습니다.(이보다 더 엉뚱한 생각을 했을 수도 있겠지요.) 세 명은 그리스도 십자가상의 죽음에 대해 아는 바가 없었습니다. 일곱 명 중 네 명은 달의 이름을 몰랐고, 일 년이 며칠인지도 몰랐습니다. 2+2 내지는 3+3 수준을 넘는 덧셈 개념도 알지 못했습니다. 그들의 정신은 완전히 공백 상태였습니다.

아, 그대들 영국의 여성이여! 위로는 웨일스의 공주로부터 아래로는 가장 평범한 여성에 이르는 영국의 여성들이여! 이 아이들이 목자 없는 양떼처럼 언덕에 흩어져 있는데 여러분의 자녀만 양 우리 안으로 안전하게 몰아넣을 수 있다고 생각지 마십시오. 하나님께서 이 딸들을 위해 교실과 운동장으로 쓰라고 만들어 주신 이 즐거운 장소들이 황폐하고 더럽혀져 있는데 여러분의 딸들만은 그들의 인간적 아름다움에 걸맞은 교육을 받을 수 있으리라 생각지 마십시오. 위대한 입법자인 하나님께서 여러분의 조국 땅에 있는 바위를 내리치셔서 영원토록 흐르게 한 감로수로 여러분의 자녀에게 세례를 베풀어 주지 않으신다면, 2.5센티미터 깊이밖에 되지 않는 세례반에 담긴 물로 여러분의 자녀에게 온전한 세례를 베풀 수는 없습니다. 이교도들이었다면 위대한 입법자가 내신 물의 순수성을 숭배했을 텐데 여러분의 숭배 방식은 고작 그 물을 오염하는 겁니다. 이 섬나라의 왕좌를 받드는 산, 그 짙푸른 하늘 제단에 비문조차 새겨지지 않아서 산들이 알지 못하는 신에게 지어진 제단[54]이 아니라 알지 못하는 신이 지은 제단으로 남아 있는 한 도끼로 다듬어 만든 교회의 좁은 제단 앞으로 여러분의 자녀들을 신실하게 인도할 수 없습니다. 이교도였더라면 산봉우리를 둘러싼 구름 속에서 신들이 쉬는 모습이라도 보았을 겁니다.

86. 자연에 대해서는 이 정도만 하겠습니다. 여성의 교육과 가정 안에서 여성의 임무와 여왕다운 면모에 대해서도 이 정도로 하겠습니다. 이제 마지막 질문이며 가장 폭넓은 질문에 이르렀습니다. 여왕으로서 여성이 갖는 국가에 대한 임무는 무엇인가요?

일반적으로 우리는 남성의 임무는 공적이요 여성의 임무는 사적이라고 생각합니다. 그러나 전적으로 그렇지는 않습니다. 남성에게도 가정과 관련된 사적인 일이나 의무가 있으며 그 연장인 국가에 대한 공적인 일과 의무가 있습니다. 여성에게도 가정에 관한 사적인 일이나 의무가 있으며 그 확장인

---

54 「사도행전」17:23에서 원용.

공적인 일과 의무가 있습니다.

가정에 대한 남성의 일이란 이미 말씀드렸듯이 가정을 유지하고 발전시키고 보호하는 겁니다. 가정에 대한 여성의 일이란 가정의 질서와 안락함과 사랑스러움을 지켜내는 겁니다.

이런 남성과 여성의 기능을 확장해 보십시오. 국민으로서 남성의 의무는 국가를 유지하고 발전시키며 방어하는 겁니다. 국민으로서 여성의 의무는 국가의 질서를 지키고 안락하게 만들며 아름답게 꾸미는 겁니다.

가정의 문을 지키는 남성은 필요할 경우에는 모욕과 약탈로부터 가정을 보호합니다. 또한 그에 못지않은 아니 더 헌신적인 방법으로 필요시에는 가정을 약탈자의 손에 남겨두고서라도 나라를 지키며 그 문을 수호하는 더 큰 의무를 수행해야 합니다.

마찬가지로 여성이 가정 내에서 질서의 중심이요 고통의 위로자요 아름다움을 비추는 거울이어야 하듯이 가정 밖에서도 그러한 자리를 지켜야 합니다. 가정 밖은 질서를 유지하는 것이 더 어렵고 고통은 더욱 임박해 있고 사랑스러움은 찾아보기 힘든 곳입니다.

인간의 가슴에는 진정한 의무를 알아보는 본능이 항상 자리합니다. 의무에 대한 본능이 진정한 원래 목적에서 벗어나면 그 본능은 만족하지 못하고 뒤틀리고 부패합니다. 인간의 가슴에는 또한 강한 사랑의 본능도 있습니다. 사랑의 본능은 잘만 훈련하면 인생의 온갖 신성한 것들을 유지시켜 주지만, 잘못 인도될 땐 그 모두를 훼손합니다. 사랑의 본능은 반드시 둘 중 하나를 행합니다. 마찬가지로 인간의 가슴에는 꺼지지 않는 권력욕도 있습니다. 권력욕에 올바른 방향을 부여하면 모든 법과 생명의 장엄함이 지켜지지만, 방향이 잘못되면 이 모든 것이 부서집니다.

87. 이 본능은 남성과 여성의 가장 깊은 생명에 뿌리박고 있습니다. 하나님께서 그곳에 심으셨고 그곳에 있도록 지키십니다. 권력욕을 비난하거나 꾸짖는 건 헛된 짓이며 잘못입니다. 하늘을 위해, 인간을 위해 가능한 한 모든 권력을 욕망하십시오. 그런데 어떤 힘을 원해야 하나요? 이것이 가장 중요한 질문입니다. 파괴하는 힘인가요? 사자의 다리와 용이 내뿜는 불인가요? 그렇지 않습니다. 치유하고 구원하고 인도하고 지켜 주는 힘입니다. 군주의 홀(笏)과 방패의 힘입니다. 닿기만 해도 악마를 결박하고, 묶인 자는 풀어주는 치유의 힘이 있는 왕의 권력, 공의의 반석 위에 세워졌고 자비의 계단을 통해서만 내려올 수 있는 왕좌의 권력입니다. 이런 권력을 욕망하지 않으시렵니까? 이런 권좌를 얻으려 애쓰지 않으시렵니까? 고로 이제는 주부가 아니라 여왕이 되지 않으시렵니까?

88. 영국의 여성이 예전에 귀족에게만 해당되었던 칭호를 남용한 지 꽤 오래되었습니다. 신사(gentleman)의 상대어인 숙녀(gentlewoman)라는 간단한 호칭을 쓰는 습관을 들이더니 경(Lord)의 상대 호칭인 귀부인(Lady)을 사용할 특권을 꽤 오래전부터 주장해 왔습니다.

귀부인이라는 호칭을 사용했다고 여성을 비난하는 건 아닙니다. 그러나 그 호칭을 사용하게 된 협소한 동기는 비난합니다. 여성이 이 호칭을 사용할 권리를 요구한다면 저는 여러분이 귀부인이라는 호칭만이 아니라 그 안에 담겨 있는 역할과 의무까지 주장하고 원했으면 합니다. 귀부인은 '빵을 주는 사람' 혹은 '빵 덩어리를 주는 사람'이라는 뜻이며 '경'은 '법을 지키는 자'라는 뜻입니다. 두 호칭 모두 집안에서 유지되는 법이나 식솔들에게 나눠 주는 빵이 아니라 대중을 위해 유지되는 법과 대중이 함께 떼는 빵을 언급합니다. 그래서 왕 중의 왕 되신 하나님의 정의를 지키는 자가 될 때만 경이라는 호칭에 대한 권리를 요구할 수 있습니다. 귀부인도 주되신 하나님을 대표하는 가난한 자들에게 도움을 줄 경우 그리고 예수님과 같이 떡을 떼는 자로 알려질 경우에만 이 호칭에 대한 정당한 권리를 주장할 수 있습니다. 예전에 자신의 물질로 예수님을 섬기던 여인들이 예수님을 도와드려도 된다는 허락을 받고 그 도움의 손길을 가난한 자들에게도 베풀었듯이 말입니다.

89. 이렇게 자비롭고 합법적으로 통치하는 주인(Dominus)과 안주인(Domina)이 지닌 권력은 위대하고 존경할 만합니다. 이 권력의 계승자가 많아서가 아니라 이에 영향받은 사람의 수가 많기 때문입니다. 통치권에 수반되는 의무에 기반을 둔 왕조가 세워졌을 때, 그리고 왕조의 야심이 선행과 상호관계가 있을 때 그 왕조는 항상 존경받습니다. 여러분은 가신을 거느린 귀부인이 된 상상을 하며 기뻐합니다. 그리되십시오. 여러분은 충분히 고귀하며 아무리 많은 가신을 거느려도 지나치지 않습니다. 하지만 여러분이 거느릴 가신은 여러분을 섬기고 먹이는 노예가 아니라 여러분이 섬기고 먹이는 가신이 되게 만드세요. 여러분의 말에 순종하는 백성들도 여러분이 억압하는 자가 아니라 위로하는 자들, 포로로 사로잡는 자

들이 아니라 구원을 베푸는 자들이 되게 하십시오.

90. 가정이나 작은 규모의 사회를 다스릴 때 적용되는 이런 점들은 여왕의 통치에도 똑같이 해당됩니다. 여러분이 가장 고귀한 의무를 받아들인다면 그 의무에 따른 가장 고귀한 위엄도 취할 수 있습니다. 왕과 여왕(Rex et Regina, Roi et Reine)은 '옳은 일을 행하는 사람들'입니다. 그들의 권력은 육체뿐 아니라 정신도 다스리는 최고 권력이라는 점에서 귀부인과 경의 권력과는 다릅니다. 왕과 여왕은 먹이고 입힐 뿐 아니라 방향을 알리고 가르쳐 줍니다. 의식을 하든지 못 하든지 여러분은 많은 사람들의 가슴속에서 이미 권좌에 앉아 있습니다. 왕관을 뺏을 방법은 없습니다. 여러분은 언제나 여왕입니다. 사랑하는 자에게, 남편과 아들에게, 그리고 가정 밖 세상에게 여러분은 고귀하고 신비로운 여왕입니다. 그들은 여성다움이라는 도금양 왕관과 흠 없는 홀 앞에서 영원히 고개 숙여 조아릴 겁니다. 하지만 서글퍼집니다! 여러분은 사소한 일에서 위엄을 지키고 고귀한 일에서 위엄을 포기하는 게으르고 무심한 여왕입니다. 평강의 왕으로부터 직접 받은 선물인 이 권력을 사악한 자들은 배반하고, 선한 자들은 망각합니다. 그래서 이 권력에 반항하는 혼란과 폭력이 난무합니다.

91. 평강의 왕. 이 이름에 주목하십시오. 이 이름으로 다스릴 때 왕과 귀족, 그리고 재판관들이 자신의 좁은 통치 영역에서 인간적인 방식으로나마 권력을 부여받습니다. 평강의 왕이라는 이름으로 다스리는 자들 외에 통치자는 없습니다. 그들의 통치 외에 다른 통치는 혼란일 뿐입니다. 진실로 신의 은

총으로 통치하는 사람들은 모두 평강의 왕자이거나 평강의 공주입니다. 이 세상에 전쟁이나 불법이 자행되는 책임은 모두 여성에게 있습니다. 여러분이 전쟁이나 불법을 행했기 때문이 아니라 이를 막지 못했기 때문입니다. 남성들은 본성상 잘 싸웁니다. 남성은 어떤 이유로든 싸우고, 이유가 없어도 싸웁니다. 남성들에게 싸워야 할 명분을 지정하고, 싸울 명분이 없을 때는 말리는 것이 여성의 임무입니다. 지상에 어떤 고통이나 불법, 비참한 일이 일어나는 최종적 잘못은 여성에게 있습니다. 남성은 그런 고통을 보아 넘길 수 있습니다. 그러나 여성은 그런 고통을 보고 견딜 수 없어야 합니다. 남성은 전쟁을 하면서 아무 동정 없이 비참한 사람들을 짓밟을 수 있습니다. 남성은 동정심이 적고 희망을 품는 데 인색합니다. 여성만이 고통을 깊이 느끼고 그 치유책을 생각해 낼 수 있습니다. 그런데 여러분은 이런 일을 하지 않고 고개를 돌리시는군요. 여러분은 공원의 담과 정원 문 안으로 스스로를 가둡니다. 그러고는 여러분 가정의 바깥세상이 야만적이라는 사실을 아는 데 만족합니다. 여러분은 그 바깥세상의 비밀을 알려고 하거나 그 고통을 가늠해 보려고도 하지 않습니다.

92. 이런 사실이야말로 인류 가운데 가장 놀라운 현상입니다. 일단 명예가 왜곡되면 인류의 타락이 아무리 심하더라도 놀랍지 않습니다. 금덩이를 움켜쥔 채 굶어죽은 구두쇠의 손에서 금덩이가 굴러떨어져도 저는 놀라지 않습니다. 발을 수의로 덮고 있는 호색가의 삶에도 놀라지 않습니다. 어두운 철도나 늪지의 갈대숲 그늘에서 희생자가 단독 암살자에게 죽임을 당했다는 사실에도 놀라지 않습니다. 광란하는 수많

은 나라의 국민들이 대낮에 당당하게 대량 살인을 해도, 그리고 그 나라의 성직자와 왕들이 지옥부터 하늘까지 쌓아 닿을 만큼 상상도 할 수 없는 죄악을 저질러도 놀랍지 않습니다. 그러나 여러분 중 어린아이를 가슴에 안은 섬세하고 우아한 여성이 그 아이와 아이의 아버지에게 베풀면 천상의 공기보다 순수하고 바다보다 강한 권력, 아니 이 지구가 하나의 온전하고 안전한 감람석으로 이루어졌다 한들 이 지구 전체를 준다 해도 그녀의 남편이 바꾸지 않을 엄청난 은총인 그 권력을 지녔는데 이를 고작 이웃과 다투느라 포기한다면 놀라운 일입니다. 기막히게 놀라운 일입니다. 여성이 온갖 순진하고 싱그러운 감정에 벅찬 상태로 아침 정원에 나가 잘 보호된 꽃들의 꽃술을 매만지며 고개 숙인 꽃봉오리를 조심스레 세워 줄 때, 그녀의 평화로운 삶을 둘러싼 작은 보호벽 덕분에 이마에 걱정 근심 하나 없이 만면에 행복한 미소를 짓는 그녀의 모습을 보는 것은 너무나 당혹스러운 일입니다. 그녀가 알려고만 하면, 장미로 가득한 평화로운 그 작은 담 너머에 인간적 고뇌로 찢겨진 잡초들이 유혈이 그 위를 훑고 지나가서 납작하게 누운 채로 지평선까지 뻗쳐 있다는 사실을 가슴으로 알 수 있습니다.

93. 가장 행복할 거라 여기는 사람들 앞에 꽃잎을 뿌리는 관습에 어떤 깊은 뜻이 숨어 있는지, 아니면 적어도 어떤 깊은 뜻을 읽어 낼 수 있는지 생각해 본 적이 있으신가요? 행복이 언제나 이와 같이 그들 발 앞에 널려 있을 거라는 희망을 갖도록 현혹하는 거라고 생각하시나요? 그래서 어딜 가든 달콤하게 향기로운 풀을 밟으며 바닥을 덮은 장미꽃 덕분에 거친 땅

도 평탄해질 거라는 희망을 갖게끔 말입니다. 그렇게 믿는다면 그들은 분명 쓴 풀과 가시덤불 위를 걸을 것이며 그들의 발길이 닿는 부드러운 땅이란 오로지 차가운 눈으로 뒤덮인 길뿐일 겁니다. 이런 걸 믿게 하려고 꽃을 뿌리는 게 아닙니다. 이 오랜 관습에는 더 깊은 뜻이 있습니다. 훌륭한 여인이 걷는 길에는 정말로 꽃이 뿌려져 있습니다. 그러나 그 꽃은 그들의 걸음 뒤로 피어난 것이지 걸음 앞에 뿌려진 것은 아닙니다.

그들의 발이 초원을 밟았으나 그곳에 붉은 데이지가 피었습니다.[55]

94. 여러분은 이 구절이 한낱 연인의 허황된 거짓 상상이라고 생각하시지요! 이 말이 정말이라면 어쩌겠습니까? 여러분은 다음 구절도 한낱 시인의 공상이라고 생각할 겁니다.

호리호리한 실잔대도 머리를 들었네
그녀의 가벼운 발걸음에 주저앉지 않고서[56]

그녀가 지나간 자리에 있던 어떤 것도 그저 파괴되지 않았다는 말은 여성을 칭찬하는 찬사가 아닙니다. 그녀는 생명을 다시 불어넣어야 합니다. 여인이 지나갈 때 실잔대가 몸을 굽히는 것이 아니라 꽃을 피워야 합니다. 과장이 심한가요?

---

55 빅토리아 시대의 계관시인인 앨프리드 테니슨(Alfred Lord Tennyson, 1809~1892)의 「모드(Maud)」 1부에서 인용.

56 월터 스콧의 「호수의 여인」 18연 14~15행이다.

죄송하지만 전혀 아닙니다. 저는 평이한 영어로 차분하고도 단호하게 진실을 말하는 겁니다. 꽃은 그 꽃을 사랑하는 사람의 정원에서만 제대로 핀다는 말을 들어 보셨을 겁니다.(이 말에 단순한 상상 이상의 뜻이 있다고 믿습니다만 그저 상상의 말이라고 해 둡시다.) 이 말이 정말이기를 바라시죠? 상냥한 눈길 한 번으로 꽃들이 더 예쁜 꽃봉오리를 피울 수 있다면, 아니 그보다 당신의 눈길에 꽃들에게 힘을 북돋아 주는 힘뿐 아니라 그 꽃들을 보호할 힘이 있다면, 그래서 흑조병을 물리치고 옹이진 애벌레의 피해에서 꽃을 구할 수 있다면, 가뭄 속에서 꽃에 이슬을 내리고 서리 속에서 남풍에게 "오너라 너 남풍이여, 나의 정원으로 불어오거라, 꽃향기 날리도록"이라고 말할 수만 있다면 이야말로 즐거운 마법이겠죠. 굉장한 일이겠죠? 그러나 이 모든 일을, 아니 이보다 더한 일을 꽃보다 아름다운 꽃들에게 할 수 있다면 더 위대한 일이 아닐까요? 당신이 축복하면 그 축복을 되갚는 꽃, 당신이 사랑하면 그 사랑을 되갚는 꽃이며, 여러분의 눈과 같은 눈으로, 여러분의 생각과 같은 생각을 하고, 여러분의 삶과 같은 삶을 사는 꽃들 말입니다. 이 꽃들을 여러분이 일단 구원해 주면 그들의 구원은 영원합니다. 이것이 사소한 권력에 불과할까요? 저 멀리 황야와 바위 사이에, 저 멀리 끔찍하게 어두운 거리에 이 연약한 어린 꽃들이 새로 난 잎들은 찢기고 줄기는 부러진 채 쓰러져 있습니다. 그들에게 가서 그 향기로운 화단을 가지런히 세워 주고 떨고 있는 그 꽃들을 거친 바람으로부터 막아 주지 않으시렵니까? 그러면 당신이 매일 맞이하는 아침이 이 꽃들에게도 오지 않을까요? 새벽이 저 멀리 광란에 젖은 죽음의 춤을 바라보러 오듯이 이 야생제비꽃과 인동덩굴과 장미가 핀 생명의 둑에

입김을 불어넣을 새벽도 오지 않을까요? 그리고 이 새벽은 영국 시에 나오는 여인의 이름이 아니라 화환을 만들며 행복한 레테 강가에 서 있던 단테의 시에 등장하는 마틸다라는 위대한 이름으로 당신을 부르면서 창문 밖에서 이렇게 말하지 않을까요?

> 동산으로 오세요, 모드,
> 검은 박쥐 같은 밤은 날아갔어요.
> 인동덩굴 향기가 휘날리고
> 장미 사향이 날려요.[57]

당신은 꽃들 가운데로 내려가지 않으렵니까? 향기롭고 생기 가득한 꽃들 사이로 가지 않으렵니까? 땅에서 솟은 짙은 하늘색 꽃들의 기개는 커다란 줄기를 타고 힘차게 오릅니다. 먼지를 씻어 낸 그 순수는 봉오리마다 약속의 꽃을 피웁니다. 그리고 여전히 이 꽃들은 여러분을 향해 그리고 여러분을 위해 "참제비고깔꽃은 귀 기울여요. 내겐 그 소리가 들려요, 들려요! 백합은 속삭여요, 난 기다립니다."[58]라고 말합니다.

95. 제가 이 시의 첫 연을 읽을 때 두 행을 빠뜨렸다는 사실을 눈치채셨나요? 제가 잊고 빠뜨렸다고 생각하셨나요? 이제 다시 들어 보시지요.

---

57 「모드」 1부 1연에서 발췌한 부분. 1연은 여섯 행으로 이루어져 있는데 그중 1~2, 5~6행이다.
58 「모드」 1부 10연의 7~8행.

동산으로 오세요, 모드,

검은 박쥐 같은 밤은 날아갔어요.

동산으로 오세요, 모드,

제가 문에서 기다릴게요, 홀로.[59]

아름다운 이 동산의 문에서 누가 당신을 기다린다고 생각하세요? 모드가 아니라, 이른 새벽 그녀의 동산 문에서 기다리는 분을 동산지기로 착각했던 마들린 이야기를 들어 보셨나요?[60] 당신도 그분을 종종 찾고 있지 않았나요? 밤새도록 찾았으나 결국은 찾지 못하지 않았나요? 화염검이 지키는 옛 동산 입구[61]에서 그분을 찾으려 했지만 찾지 못하지 않았나요? 그분은 거기 계시지 않습니다. 그러나 그분은 이 동산 입구에서 언제나 기다리십니다. 당신의 손을 잡으려고 말입니다. 계곡에 자란 열매를 보고 포도가지에 열매가 풍성한지 석류에 봉우리가 졌는지 보러 당신 손을 잡고 내려갈 준비를 하고 말입니다. 그분과 함께 그곳에서 당신은 그분 손이 가리키는 작은 포도나무 덩굴을 보게 될 겁니다. 그곳에서 그분이 직접 붉은 씨앗을 뿌린 곳에 맺힌 석류를 볼 겁니다. 아니 그보다 더 많은 걸 보게 될 겁니다. 동산지기인 천군 천사들이 날개를 펴서 그분이 씨를 뿌린 길가로부터 굶주린 새들을 쫓아내며, 줄지어 심긴 포도나무 사이에서 "포도나무에 어린 포도 송이가 달렸으니, 포도원을 망치는 여우들, 그 작은 여우들을

59   『모드』1부 1연의 1~4행.

60   「요한복음」 20:15 참고.

61   「창세기」 3:24 참고.

잡으라."[62]라고 말하며 서로 부르는 소리를 들을 겁니다. 아, 여왕이신 여러분, 여왕이신 여러분이여! 여러분이 거하는 이 행복한 푸른 숲과 언덕에 여우가 굴을 파고 공중의 새들이 둥지를 틀게 할 겁니까? 여러분이 거하는 성의 돌들이 인자가 머리 둘 곳이 그 돌들뿐이라고 소리치게 할 겁니까?[63]

62   「아가서」 2:15 참고.
63   「마태복음」 8:20과 「누가복음」 19:40 참고.

독서에 관하여[64]

어린 시절 중에서 우리가 가장 충만하게 보낸 나날은 어쩌면 실제로 살지 못하고 그냥 흘려보냈다고 여겨지는 날들, 즉 좋아하는 책들과 함께 보낸 나날일 것이다. 그 시절에 우리는 다른 사람들의 삶을 채우는 많은 것을 우리의 신성한 즐거움을 방해하는 속된 방해물로 치부하여 멀리했다. 예를 들

64　이 글에서 나는 러스킨이 「참깨: 왕들의 보물」에서 다룬 주제인 독서의 유용성에 대해 독자적으로 고찰하려고 한다. 따라서 이 글은 러스킨과는 직접적인 관계가 거의 없다. 그러나 다른 한편으로 이 글은 그의 주장에 대한 간접적 비평이라고 할 수 있다. 왜냐하면 내 생각을 개진하기 전에 나는 무의식적으로 그의 생각을 떠올렸기 때문이다. 러스킨에 대한 직접적인 논평은 그의 텍스트 밑에 첨부한 각주만으로도 충분하다. 그러므로 이 글에서는 마리 노르들링제 양에게 다시 한 번 감사를 표하는 것 외에 보충할 거리가 없다. 매우 훌륭하고 독창적인 조각가인 노르들링제 양은 작품 창작에 여념이 없음에도 기꺼이 나의 졸역을 감수해 주었다. 덕택에 나의 번역은 그 불완전성이 많이 덜어졌다. 또한 매우 귀중한 정보들을 내게 제공해 준 학자이자 시인인 찰스 뉴턴 스콧 씨에게 감사드린다. 그의 『성당 그리고 동물에 대한 동정심』 과 『마리 앙투아네트의 시대』는 지식과 동정심과 재치가 가득한 매우 훌륭한 작품들로 프랑스에서 더 널리 알려져야 마땅하다.

어 읽던 책의 가장 흥미진진한 부분을 막 읽으려는 찰나, 함께 놀자고 찾아온 친구, 책에서 눈을 돌리게 하거나 자리를

P.S. E. T. 쿡과 알렉산더 웨더번이 앨런 출판사에서 펴낸 멋진 러스킨 작품집('라이브러리 에디션') 중 『참깨와 백합』을 포함한 열여덟 권이 출간되었을 때 (1905. 7.) 나는 이미 원고를 인쇄소에 보내 놓은 상태였지만 바로 원고를 되찾아 왔다. 쿡과 웨더번의 주석을 참조하여 내 주석들을 보충할 심산이었다. 그들의 주석은 매우 흥미로웠지만 불행히도 내 책에는 큰 도움이 되지 못했다. 서지 및 참조 사항은 대부분 나의 각주에 이미 있었다. 물론 몇몇 새로운 정보도 있었기에 이를 "라이브러리 에디션에 따르면"이란 말과 함께 표시하였다. 정보의 기원을 바로 밝히지 않고 차용하는 것은 있을 수 없는 일이니까. 러스킨의 다른 작품과의 연관성에 대한 언급의 경우, 라이브러리 에디션은 내가 들지 않은 예를 들었고, 반면에 나는 이 판본이 들지 않은 예들을 들었다. 『아미앵의 성서』에 붙인 내 서문을 알지 못하는 독자들은 내가 후발 주자이니만큼 쿡과 웨더번의 주석의 도움을 받는 게 옳다고 생각할지도 모르겠다. 그러나 내가 이 번역판을 내는 취지를 아는 독자들은 내가 그러지 않은 것이 놀랍지 않으리라. 이러한 비교와 대조는 기본적으로 매우 개인적인 것이다. 그것들은 기억의 섬광, 즉 두 개의 다른 문구를 동시에 비추는 갑작스러운 감수성의 빛이다. 그러나 이 섬광은 단순한 우연의 산물만은 아니다. 그러므로 내 심저에서 분출되지 않은 바를 인위적으로 첨가한다면 내가 전달하고자 하는 러스킨에 대한 시각은 왜곡될 것이다. 라이브러리 에디션에는 매우 흥미로운 역사적·전기적 정보들이 들어 있다. 가능한 경우 인용했지만 사실 그런 경우는 매우 드물다. 이는 무엇보다도 그런 정보들이 나의 의도에 맞지 않았기 때문이다. 또한 순수한 학문적 판본인 라이브러리 에디션은 러스킨의 텍스트에 대한 일체의 논평을 배제하였기 때문에 많은 새로운 자료와 미발간 원고들을 첨가할 여유가 있었다. 실제로 이러한 자료의 정리야말로 이 판본의 진정한 존재 이유라 하겠다. 이에 반해 내 책은 러스킨의 텍스트에 구구절절 논평을 붙였기 때문에 이미 상당히 두꺼워졌다. 여기에 미발간 원고와 이본 등을 첨가한다면 과해질 것이 뻔하기에 단념할 수밖에 없었다.(나는 러스킨이 쓴 「참깨: 왕들의 보물」의 서문 그리고 처음 두 강연에 덧붙인 세 번째의 강연 원고도 포기해야 했다.) 내가 이런 말을 주저리주저리 늘어놓는 것은 쿡과 웨더번의 주석을 좀 더 활용하지 못했다는 변명이다. 또한 러스킨의 진정한 결정판이자 모든 러스킨 연구자들의 흥미를 집중시킬 이 판본을 아끼는 마음을 표현하기 위해서다. ― 원주

옮기게 만드는 귀찮은 꿀벌이나 한 줄기 햇살, 집에서 나올 때 할 수 없이 들고 와서 내가 앉은 벤치 옆자리에 아무렇게 나 던져 놓은 채 머리 위 푸른 하늘에서 태양이 점점 힘을 잃어 갈 때까지 손도 대지 않고 내버려 둔 간식, 어쩔 수 없이 집에 돌아가 의무적으로 먹어야 하는, 그리고 먹는 내내 읽다 두고 온 책 생각에 안달하던 저녁 시간. 만일 독서만 생각한다면 이런 모든 것들은 귀찮은 장애물로 기억되어야 할 텐데 실제로는 우리 기억 속에 매우 감미로운 추억으로 각인되어 있다.(지금의 판단으로는 그 당시 열정적으로 읽었던 책보다 훨씬 소중한 추억이다.) 우리가 예전에 읽었던 책을 뒤적이는 것은 그것들이 지나간 나날을 적어 놓은 일종의 일정표이기 때문이다. 그래서 우리는 책을 펴면서 기대한다. 지금은 사라진 옛집들과 연못들이 그 책 페이지마다 하나씩 떠오르지나 않을까 하고.

방학 중의 독서를 기억하지 않는 사람이 있을까? 평화롭고 방해받지 않은 시간이 조금이라도 생기면 나는 독서라는 피난처로 숨곤 했다. 아침에 모든 이들이 산책하러 나가고 나면 나는 정원에서 돌아와 1층 식당으로 슬며시 숨어들곤 했다. 점심때까지는 아직 시간이 많이 남아 있었고 그동안에는 아무도 식당에 오지 않을 터였다. 물론 독서를 매우 중하게 생각하여 별로 소리를 내지 않는 나이 많은 펠리시를 제외하면 말이다. 그 방에서 나는 벽에 걸린 채색 접시들, 전일의 종이가 조금 전에 막 뜯긴 일력(日曆), 결코 답변을 요구하지도 않고, 또 인간의 말처럼 우리가 읽고 있는 말들을 방해하지도 않는 시계와 불의 부드럽고 의미 없는 말소리만을 벗 삼아 독서를 시작한다. 나는 은은한 불이 타고 있는 난롯가 의자에 앉는다. 아침 일찍 일어나 정원 일을 하는 삼촌은 점심때 분명 말할 것이다. "나쁘지 않지! 불 좀 피우는 것도 좋아. 새벽 6시에 텃밭에 나가면 몹시 추우니까. 부활절이 일주일밖에 안 남았는데 말이야!" 불행히도 점심시간이 되면 나의 독서도 끝장난다. 하지만 그때까지는 아직 두 시간이 남아 있다. 때때로 펌프 소리가 나서 나는 눈을 들어 닫힌 창문 너머로 그쪽을 바라본다. 반달 모양 자기 타일과 벽돌로 가장자리를 두른 팬지꽃 화단이 있는 작은 정원을 통과하는 유일한 길이 창문 근처로 나 있다. 팬지꽃들은 마을 지붕들 사이로 언뜻언뜻 보이는 성당의 스테인드글라스가 반사된 듯한 오묘한 하늘빛, 폭풍우가 치기 전이나 하루가 끝나 갈 때 보이는 슬픈 하늘빛의 아름다움을 그대로 따온 것 같다. 애석하게도 펠리시는 식사 시간 훨씬 전에 와서 수저를 놓곤 했다. 그녀가 아무 말 없이 수저를 놓았으면 좋으련만! 하지만 그녀는 꼭 물어보는 것이었다. "불편해서 어떡해? 탁자를 갖다줄까?" 그러면 나는 "아뇨, 괜찮아요."라는 간단한 대답을 하기 위해 독서를 중단해야 했다. 그때 나는 눈으로 읽은 말들을 입속에서 소리 없이 반복하는 중이었다. 그런데 현실의 목소리를 입밖으로 내기 위해서는 "아뇨, 괜찮아요."라는 말을 제대로 하기 위해서는, 그동안 잊고 있던 평범한 삶과 평범한 대답의 말투를 되찾아야 했던 것이다. 그리고 또 시간이 흘러갔다. 때때로 점심시간보다 훨씬 일찍 사람들이 식당으로 들어오기도 했다. 피곤해서 짧은 산책 코스, 즉 메제글리즈 쪽을 선택한 사람들이나 "뭘 좀 쓸 것이 있어서" 그날 아침 산책을 나가지 않은 사람들 말이다. 물론 그들은 "널 방해하지 않을게."라고 말한다. 그러나 그들은 곧 불가로 와서 시계를 보고는 지금 점심을 먹어도 괜찮겠다고 말한다. 그들은 "뭘 좀 쓰느라 집에 남았던" 사람들에게 특히 관심을 보이며 묻는다. "편지 다 썼어요?" 그러면서 그들은 마치 국가 기밀과 대단한 특권과 행운과 질병이 함께 뒤섞인 그 무엇이라도 대하듯이 존경과 신비, 관용과 배려가 담긴 미소를 짓는다. 몇몇 사람은 더 이상 기다리지 않고 식탁의 자기 자리에 가서 앉는다. 불행한 사태가 벌어지고야 만 것이다. 왜냐하면 그들이 나쁜 본을 보인 바람에 뒤에 오는 사람들은 벌써 정오라고 생각하게 돼 버렸고, 결국 부모님의 입으로부터 "자, 이제 책을 덮어라, 점심 먹을 시간이다."라는 선고가 떨어졌기 때문이다. 모든 것이 준비되어 있었다. 물론 식사가 끝날 무렵 내오는 물품들은 제외하고 말이다. 그런 것으로는 먼저 원예가이자 요리 애호가인 삼촌이 직접 식탁에서 커피를 내릴 때 쓰는 기구가 있다. 그것은 물리 실험 기구처럼 복잡하게 생긴 튜브형 기구로, 유리로 된 종 속에 끓는 물이 폭발하듯 올라왔다가 이윽고 수증기로 흐려진 내벽에 향기로운 갈색 커피 가루를 남기고 내려가는 모습이 정말 보기 좋았다. 또 하나는 크림과 딸기였다. 이것 역시 삼촌 담당으로, 그는 이 두 가지를 항상 똑같은 분량으로 섞는 데 있어 화가의 경험과 미식가의 감각을 총동원하여 딱 적당한 순간에 멈춤으로써 멋진 분홍색을 만들어 냈다. 점심 식사가 얼마나 길게 느껴지던지! 대고모는 음식을 먹는 게 아니라 평가를 하기 위해 맛만 보는 것 같았다. 태도는 부드러웠음에도 그녀는 다른 의견을 감내할지언정 결코 받아들이지는 않았다. 소설이나 시 같은 영역에 그녀는 상당히 정통했지만 항상 여성다운 겸손을 발휘해 자신보다 권위 있는 사람들의 의견을 따랐다.

이는 기분에 따라 변할 수 있는 유동적인 분야인지라 한 사람의 취향에 따라 진리가 결정될 수 없으니까 말이다. 그러나 그녀가 자기 어머니에게 직접 규칙과 원리를 배운 분야, 즉 특정 음식의 조리법, 베토벤 소나타 연주법, 손님 접대법 등에서는 자신만이 완벽한 경지를 알며, 따라서 자기만이 다른 사람의 수준을 평가할 수 있다고 생각했다. 사실 이 세 분야 모두 완벽한 경지란 거의 같은 것으로, 방법이 단순하고 절제되어 있으면서도 매력을 끄는 것이 바로 그 최고의 경지였다. 그녀가 극도로 싫어하는 것은 요리의 경우 꼭 필요하지 않은 양념을 넣는 것이고, 피아노의 경우 선 멋부린 연주 및 페달을 남용한 연주였으며, 손님 접대의 경우 자연스럽지 못하거나 자기 자신에 대해 너무 많이 말하는 것이었다. 그녀는 요리를 한 입만 맛보면, 피아노 연주를 한 음만 들으면, 짧은 메모 한 장만 읽으면 그 장본인이 훌륭한 요리사인지, 진정한 음악가인지, 가정 교육을 충분히 받은 여성인지 알 수 있다고 주장했다. "그녀는 나보다 손가락이 훨씬 길지는 몰라도 단순한 안단테를 그토록 허풍스럽게 치는 걸 보아 취향이 영 시원찮네요." "그런 상황에서 자기 얘기를 하는 걸로 보아 그녀는 재기발랄한 여성일지는 몰라도 눈치는 없는 것 같네요." "박식한 요리사일지는 몰라도 감자를 곁들인 비프스테이크는 제대로 할 줄 모르는군요." 감자를 곁들인 비프스테이크! 단순하기 때문에 도리어 매우 어려운 이 요리는 요리 경연의 이상적인 주제로, 요리의 「비창」 소나타이며, 사회생활에 있어서는 어떤 하인에 대해 물어보기 위해 여러분을 방문한 여성의 태도와도 같은 것이다. 이 단순한 방문만으로도 여러분은 그 여성의 교양과 가정 교육을 가늠할 수 있기 때문이다. 할아버지는 자존심이 강해서 우리 집의 모든 요리가 성공작이기를 원했고, 또 요리에 대해서 너무 무지해서 그것이 실패작일 때도 알아차리지 못했다. 물론 그도 때때로는, 사실 매우 드물게, 실패작임을 인정했지만 그것도 뭘 제대로 알아서가 아니라 우연히 맞혔을 뿐이었다. 요리사가 특정 요리를 제대로 하지 못했다는 것을 암시하는 대고모의 요리 평가는 언제나 적확했다. 그러나 할아버지는 대고모가 까다롭게 군다고 생각했다. 종종 대고모는 할아버지와의 논쟁을 피하기 위해 음식을 조금 맛본 후 아무 말도 하지 않았는데, 그것이 부정적인 평가임을 우리는 즉시 알아차렸다. 그녀는 입을 다물고 잠자코 있었지만 그녀의 부드러운 눈에는 절대로 흔들리지 않는 신념과도 같은 불만의 빛이 뚜렷이 드러났다. 그것을 보고 할아버지는 열이 나서 비아냥거리는 투로 대고모에게 의견을 말하라고 졸라 댔다. 그녀가 계속 잠자코 있으면 할아버지는 질문을 퍼붓고 화를 냈다. 그러나 대고모는 죽으면 죽었지 할아버지가 원하는 대답, 즉 디저트가 충분히 달지 않았다는 말은 하지 않을 터였다.

점심 식사가 끝나면 즉각 다시 독서가 재개되었다. 특히 날씨가 좀 더울 때면 모두 "방에서 쉬기 위해" 2층으로 올라갔다. 그 덕에 나는 촘촘한 층계를 올라가서 곧장 2층 내 방으로 갈 수 있었다. 사실 2층이라고 해야 너무 낮아서 어린아이라도 쉽게 창문 아랫길로 뛰어내릴 수 있을 정도였다. 나는 창문을 닫으려다 맞은편 무기 제조인의 인사를 피하지 못하고 받을 수밖에 없었다. 그는 차양을 내린다는 핑계로 점심 식사 후 집 앞에 나와 담배를 피우면서 행인에게 인사를 했는데 개

중에는 발걸음을 멈추고 그와 얘기를 나누는 사람들도 있었다. 메이플[65]과 영국 인테리어 디자이너들이 한결같이 신봉하는 윌리엄 모리스[66]의 이론에 따르면 아름다운 방이란 꼭 필요한 물건들로만 채워져 있는 방이다. 그리고 이 물건들은 모두, 심지어 작은 못 하나라도 감춰져서는 안 되며 잘 보이게 드러나야 한다. 이렇듯 위생적인 방에는 구리로 된 프레임이 완전히 드러나 있는 침대가 있고 그 침대 위 벽에는 명화의 복제품들이 걸려 있어야 한다.[67] 이 미학적 원칙에 따르면 내 방은 전혀 아름답지 않았다. 아무짝에도 쓸데없는 물건들로 가득 차 있는 바람에 정작 필요한 물건들은 찾기 어려울 정도로 깊이 감추어져 있었기 때문이다. 하지만 나는 바로 그 때문에 내 방이 아름답게 느껴졌다. 마치 내 방의 물건들은 나의 편의를 위해 거기 있는 것이 아니라 물건들 자신들의 즐거움을 위해 그 방을 찾아온 듯했던 것이다. 그런 비실용적 물건을 들자면…… 먼저 사람들의 시선으로부터 침대를 가려 주는 높은 흰 커튼이 있는데 이 커튼 덕택에 침대는 마치 성소 깊숙이 자리 잡은 것 같았다. 다음으로 얇은 비단 재질의 발치용 이불, 꽃무늬 침대보, 수놓은 침대보, 흰 삼베 베갯잇 등의 침대 장식물이 있는데 낮 동안 침대는 이것들에 뒤덮여 감춰

---

65   메이플 상사(Maple & Co.)는 19세기 초 존 메이플이 설립한 회사로 영국의 귀족과 왕족 사이에서 인기 있던 최고급 가구점이었다.

66   William Morris(1834~1896). 영국의 텍스타일 디자이너 겸 시인, 작가, 건축가. 특히 벽지와 텍스타일에서 두각을 나타냈다.

67   모리스의 강연은 그 일부가 프랑스어로 번역되어 1886년에 축약본으로 출판되었는데, 벽에 복제 명화를 걸라는 모리스의 권유는 프랑스어 번역 오류에 기인한다. 실제 모리스는 벽에 진짜 예술품을 거는 게 아니라면 아름다운 벽지를 사용하라고 권했다.

저 있었다. 마치 성모월[68]에 제단이 꽃으로 뒤덮여 감춰지듯. 밤이 되면 나는 이것들을 조심스럽게 소파에 옮겨 놓았다. 그들은 그곳에서 밤을 지내는 것이다. 다음으로는 침대 옆에 비치된 푸른 그림이 그려진 유리잔, 같은 그림이 있는 설탕 그릇 그리고 물병(그 물병은 내가 도착한 다음 날부터 항상 비어 있었다. 내가 물을 '엎지를까 봐' 염려했던 숙모의 지시였다.) 삼총사가 있다. 그것들은 내게 있어 일종의 제기(祭器)라고 할 수 있을 정도로 신성한 물건들이었다.(그것은 유리병에 담겨 삼총사 옆에 놓여 있는 귀한 오렌지꽃 원액도 마찬가지였다.) 그것들은 축성된 성체기와 마찬가지로 신성한 물건들이었기에 나는 그것들을 개인적인 용도로 사용할 수 있다는 신성 모독적인 생각을 결코 해 본 적이 없다. 대신 나는 잠옷을 갈아입으려다 혹시 실수라도 해서 그것들을 엎지르거나 않을까 하는 두려운 마음에 옷을 벗기 전에 오랫동안 그것들을 바라보곤 했다. 다음으로는 안락의자 등받이에 얹힌, 코바늘로 뜬 작은 덮개가 있다. 이 덮개들 때문에 의자는 흰 장미 무늬 숄을 두르고 있는 것 같았는데 그 장미에 가시가 있었는지도 모르겠다. 내가 독서를 마치고 일어설 때면 내 옷에 달라붙기 일쑤였으니까. 다음으로는 탁상시계를 덮고 있는 종 모양의 유리가 있다. 이 종 덕택에 속된 접촉에서 보호된 시계추는 먼 나라에 유배 온 조개껍질과 낡고 빛바랜 꽃 한 송이에게 밀어를 속삭일 수 있었지만 불행하게도 너무 무거웠다. 그래서 추가 멈추면 시계 수선공을 제외한 어느 누구도 감히 들어 올릴 엄두를 내지 못했고 태엽 감는 것은 큰일이었다. 다음으로는 서랍장을 덮고 있

68 5월.

는 성긴 레이스로 짠 흰 책상보가 있다. 그 위에는 꽃병 두 개와 예수님의 초상화 그리고 축성된 회양목 가지 하나가 놓여, 성찬식 제단 같은 느낌을 주었다.(이 그림의 화룡점정은 매일 '방 정리가 끝나면' 그 옆에 정리해 두곤 하는 기도대이리라.) 그런데 그 책상보의 가장자리를 장식한 술이 항상 서랍 틈새에 끼는 바람에 서랍이 도대체 열리지를 않아서 내가 손수건이라도 꺼낼라치면 서랍 빠질 때의 충격에 예수님의 그림, 신성한 화병들, 축성된 회양목이 전부 떨어졌고, 나 역시 비틀거리며 기도대를 꽉 붙잡아야만 했다. 이런 비실용적인 물건의 마지막 주자는 창문에 쳐진 삼중 커튼이다. 먼저 제일 아래에 얇은 평직 천으로 된 작은 커튼, 그 위에 좀 더 큰 모슬린 커튼, 또 그 위에 능직포로 만든 제일 큰 커튼의 삼위일체는 산사나무꽃처럼 희었고, 햇빛이 비칠 때면 웃는 듯 화사했지만 내가 창문을 열거나 닫을 때마다 평행한 커튼 봉 주위에 감기거나 서로 얽히기도 하고, 또 세 개가 한꺼번에 창문으로 빠져나가기도 해서 여간 성가시지 않았다. 겨우 하나를 빼냈나 싶으면 두 번째 것이 냉큼 그 자리를 차지하는 바람에 진짜 산사나무 떨기나 제비 둥지로 창문이 막힌 것처럼 창틈이 빽빽이 메워진 것 같았다. 그래서 창문을 여닫는 이 너무도 간단해 보이는 일도 집 안 사람 누군가의 도움 없이 나 혼자 수행할 수가 없었다. 이 모든 물건들은 전혀 내게 필요한 것이 아니었다. 오히려 내 일에 방해만 되었다. 물론 큰 방해는 아니었지만. 게다가 누구 다른 사람에게 필요해서 거기 둔 것도 아니었다. 하지만 이 물건들은 마치 자신들이 이 이상한 장소가 마음에 들어 일부러 택하기라도 한 것처럼 떡하니 자리 잡고서 거의 사람과도 같은 존재감으로 내 방을 가득 채웠다. 나무들이 숲속

공터에, 꽃들이 길가에, 그리고 오래된 돌담 틈에 떡하니 자리 잡은 이치였다. 이 물건들은 내 방을 조용하고 다양한 삶으로 채우고, 내 방을 신비로운 세계로 만들었는데 내게 있어 그 세계는 당혹스러운 동시에 매우 매혹적인 세계였다. 이 모든 물건들은 내 방을 일종의 예배당으로 만들었는데 그곳에서 햇빛은(삼촌이 창문 위쪽에 끼워 넣은 작은 붉은색 유리를 통과할 때면) 먼저 커튼의 산사나무꽃을 분홍빛으로 물들인 다음, 벽 위에서 매우 이상한 색으로 아롱거렸다. 마치 이 작은 예배당이 스테인드글라스가 둘러쳐진 교회당 속에 통째로 들어앉기라도 한 것처럼. 우리 집과 성당이 워낙 가깝다 보니 성당의 종소리가 매우 크게 들렸고, 대축일이면 우리 집에서 임시 제단까지 꽃길로 연결되기까지 했다. 이 때문에 성당의 종소리가 들리면 나는 그것이 우리 집 지붕 아래, 즉 내 방 창문 바로 위에서 울린다고 상상할 수도 있었는데 그 창문에서 나는 성무일과 책을 든 신부님, 저녁예배를 드리고 오는 숙모 혹은 축성된 빵을 우리 집에 가지고오는 성가대 아이에게 인사를 건네곤 했다. 메이플로 장식된 방의 벽과 벽난로 위에 걸린 복제품, 즉 사진가 브라운이 찍은 보티첼리의 「봄」 복제 사진과 릴 박물관의 「낯모르는 여인」의 복제 석고상 같은 것이 바로 유용성을 최고의 가치로 꼽은 윌리엄 모리스가 비실용적 아름다움에 양보한 것이다. 내 방에서 그것에 대응되는 것은 경기병 군복을 입은 무서우면서도 멋진 외젠 왕자[69]의

---

69   외젠 드 보아르네(1781~1824). 나폴레옹 1세의 황후 조제핀 드 보아르네의 아들로, 나폴레옹 1세의 의붓아들이다. 나폴레옹이 그에게 "베니스의 왕자"라는 칭호를 하사했다.

동판 초상화다. 어느 날 밤, 나는 증기 기관차와 우박 소리로 시끄러운 기차역 구내식당 문 앞에 이 그림이 있는 것을 보고 깜짝 놀랐다. 여전히 무서우면서도 멋진 그 그림이 비스킷 광고였던 것이다. 지금 와서 생각해 보니 그 그림은 할아버지가 예전에 과자 공장에서 사은품으로 받았을 확률이 높다. 하지만 당시에 나는 그것이 어디서 왔는지 전혀 신경 쓰지 않았다. 당연히 역사적이고 신비스러운 기원을 품었으리라 생각했기 때문이다. 나는 당시 그 그림이 여러 장 있다는 것을 상상조차 하지 못했다. 그것은 내게 있어 사람이나 마찬가지였다. 어찌 보면 그는 매해 내가 그곳에 갈 때마다 항상 똑같은 모습으로 나를 맞아 주는 내 방의 주인이었고, 나는 그 방을 잠시 그와 공유하는 손님이었으니까 말이다. 그 그림을 마지막으로 본지도 꽤 오래되었고 앞으로도 다시 못 볼 것 같다. 그러나 만일 다시 보게 된다면 그것은 보티첼리의 「봄」보다 훨씬 많은 이야기를 내게 들려줄 것이다. 취향이 고상한 사람들은 자신들이 찬미하는 걸작의 모사품으로 자기 집을 장식해도 좋으리라. 자신들이 좋아하는 소중한 이미지를 조각된 나무 액자에 끼워 넣음으로써 그것을 애써 기억하는 수고를 덜 수 있을 테니까 말이다. 또한 그들은 자기 방을 자신의 취향을 드러내는 장소로 만들고, 또한 자신들이 좋아하는 것으로만 채워도 좋다. 하지만 나는 나의 삶과는 전혀 다른 삶이 빚어내고, 또한 나와는 전혀 다른 취향과 언어로 채워진 방에서만 제대로 살아 있다는 느낌을 받는다. 나의 의식적 생각과는 관계없는 곳, 내 자신이 아닌 다른 존재 속에서 마음껏 상상력을 발휘할 수 있는 방 말이다. 나는 '역전로', '부둣길'과 같은 주소를 가진 시골의 호텔들에 들어설 때면 기쁨을 느낀다. 그런 호텔에는 춥고 긴 복도를 따라 바깥바람이 들어와 난방 장치를 무력하게 하고, 벽에 걸린 장식이라고는 마을 지리가 자세히 표시된 지도뿐이며, 너무도 조용해서 소음조차 그 정적을 더욱 강조할 뿐이다. 방에는 차가운 바깥바람에 일부 씻기긴 하지만 완전히 없어지지 않는 밀폐된 공간 특유의 냄새가 감돈다. 나는 콧구멍을 벌려 수없이 그 냄새를 다시 맡는다. 그러면 상상력은 기뻐 어쩔 줄 몰라 하면서 그 냄새를 모델로, 그 냄새와 연관된 모든 생각과 추억을 상상 속에서 재창조하려 애쓴다. 저녁때 문을 열고 호텔 방에 들어갈 때면 그곳에 어지럽게 흩어져 있던 어떤 삶 속에 허가 없이 침입하는 느낌이 든다. 문을 닫고 안으로 들어가 식탁이나 창문까지 가면 마치 그런 삶의 주인 손을 억지로 무례하게 잡은 것 같고, 면 소재지의 가구 장인이 파리 취향이라고 제멋대로 생각한 방식으로 만든 소파에 앉으면 마치 그 사람 몸에 포개 앉은 느낌이 든다. 그리고 방 안 여기저기 내 짐을 늘어놓으며, 낯선 양탄자를 맨발로 디디며 주인 행세를 할라치면, 그 무람없음에 마치 그 사람의 벌거벗은 몸을 만지는 양 흥분이 되기도 한다. 왜냐하면 그 방은 다른 이들의 영혼으로 가득 차 있기 때문이다. 심지어 벽난로 장작 받침쇠의 형태나 커튼 무늬까지도 이들 꿈의 흔적일 것이기 때문이다. 마침내 나는 떨리는 마음으로 방문의 빗장을 지른다. 그러고는 그 방에 깃든 다른 사람들의 비밀스러운 삶과 내가 단둘이 함께 갇힌 듯한 느낌에 전율하며 그 은밀한 삶을 앞세우고 침대로 다가가 함께 침대에 누운 다음, 하얀 시트를 얼굴 위까지 끌어올린다. 근처 성당의 종탑에서는 죽어 가는 자들과 사랑에 빠진 이들에게 불면의 시간을 알리는 종소리가 울려 퍼지고……

방에 올라가 조금 책을 읽다 보니 어느새 공원[70]에 가야 할 시각이 되었다. 마을에서 1킬로미터 정도 떨어진 데 있던 공원에 도착하면 먼저 의무적으로 놀이를 해야 했다. 그런 다음 우리는 간식을 먹었는데, 바구니에 담아 가지고 온 간식은 아이들이 놀이를 하는 동안 읽기가 금지된 책과 함께 강둑 풀밭 위에 놓았다. 저 아래쪽, 제대로 관리가 되지 않아 신비한 느낌마저 드는 공원 끝자락에 이르면 강 모습이 달라진다. 미소 짓는 조각상들이 늘어선 산책로가 딸리고, 물 위에는 백조들이 떠 있고, 때때로 잉어가 뛰어오르는 일직선의 인위적인 강이던 것이 그 부근에 이르면 물살이 빠르게 흘러가기 시작하더니 결국 황급히 공원 담장을 빠져나가 드디어 지리학적 의미의 강, 즉 이름이 있는 번듯한 강이 된다. 그런 다음 강폭이 확 넓어지면서 소들이 조는 목초지와 강물에 잠긴 미나리아재비들 사이로 흘러들어 물이 질퍽한 일종의 초원을 이루었다. 목초지 이쪽 편에는 중세의 유적이라고 알려진 탑들이 있는 마을이 보였고, 반대편은 들장미와 산사나무가 무성한 비탈길을 통해 자연과 저 멀리 이름이 다른 마을들과 이어졌다. 나는 다른 아이들이 공원의 낮은 쪽에서 백조들을 벗 삼아 간식을 먹는 동안, 먼저 일어나 미로를 뛰어 올라가 사람들이 찾지 못할 나무 그늘 아래 숨곤 했다. 그리고 개암나무에 등을 대고 앉아서 아스파라거스 묘목과 딸기 덤불, 연못을 바라보았는데 어떤 날은 말 몇 필이 수차를 돌려 물을 대는 모습이 연못가에 보이기도 했다. 그 너머 더 높은 곳에는 공원의 끝

---

70 우리가 마을이라고 부르던 곳은 조안 여행 안내서에 따르면 인구가 3000명 정도 되는 면 소재지였다. ── 원주

을 알리는 하얀 문이 있고, 그 너머에는 수레국화와 개양귀비가 수놓인 너른 들판이 펼쳐졌다. 너무도 조용한 그 나무 그늘에서는 발각될 염려가 전혀 없었다. 저 아래쪽에서 나를 부르는 소리가 아득히 들려오면 더욱 기분이 좋아졌다. 그 소리가 좀 더 가까워질 때도 있었다. 사람들은 때로 아래쪽 경사면까지 올라와 사방을 찾다가 결국 찾지 못하고 돌아가곤 했다. 그러고 나면 다시 정적이 찾아들었다. 때때로 멀리 들판 너머에서 들려오는 종소리가 마치 푸른 하늘 저편에서 울리는 것처럼 은은히 퍼지며 시간을 알려 줄 뿐이었다. 하지만 나는 그 은은함에 놀라고 마지막 종소리가 끝나고 이어지는 깊은 정적에 마음이 설레는 탓에 종이 몇 번 쳤는지 도무지 확신할 수가 없었다. 그것은 우리가 마을로 돌아가면서 듣는 그 땡땡거리는 종소리가 아니었다. 성당 가까이 가면 성당은 본래의 높고 뻣뻣한 자태를 되찾아 까마귀가 검은 점처럼 박힌 청석 지붕 두건을 쓰고 푸른 저녁 하늘을 배경으로 우뚝 서서 이 땅의 풍요를 위해 시끄러운 종소리를 광장에 쏟아낸다. 하지만 저 멀리 공원 끄트머리에서 들리는 종소리는 약하고 부드럽기만 하다. 그 소리는 나를 향한 것이 아니라 모든 들판과 마을, 그리고 들판에 혼자 있는 모든 농부를 향한 것이었다. 그것은 내게 고개를 들라 강요하지 않고, 나를 보지도 않고 알려고도 하지 않고 방해하지도 않는다. 그냥 먼 고장으로 시간을 싣고 가는 길에 잠시 내 곁을 스쳐 지나칠 뿐이다.

    간혹 나는 집에서 저녁 식사가 끝난 후 늦은 밤, 하루의 마지막 몇 시간을 침대 속에서 독서로 보내기도 했다. 물론 그럴 경우는 책의 마지막 장에 도달해 있어서 얼마 안 읽어 책이 끝날 경우에 국한되었다. 나는 들키면 혼날 것을 각오하고, 또한 책을 다 읽고 나서 밤새 잠들지 못할 위험을 무릅쓰고, 부모님이 잠자리에 들자마자 내 방의 촛불을 다시 켰다. 내 방에서 바로 내다보이는 무기 제조인 집과 우체국 사이의 거리에는 적막이 감돌고, 그 위의 하늘에는 푸른빛이 감도는 어두운 배경 속에 별들이 가득했다. 왼편에는 성당으로 올라가는 구불구불한 비탈길이 시작되었다. 길 입구에서부터 벌써 우리는 무시무시하고 시커먼 성당의 뒷모습을 감지할 수 있는데 성당 벽에 새겨진 조각들은 밤에도 잠을 자지 않고 이 길을 지키는 듯했다. 이 성당은 시골 마을 성당에 불과하지만 역사가 유구한 하나님의 집이자 봉헌한 빵과 스테인드글라스에 그려진 알록달록한 성인들이 머무는 집이기도 했다. 축일이면 근처 성의 귀부인들이 자가용 마차를 타고 미사에 참석하러 오는 길에 시장을 가로질러 갔다. 그러면 한가롭게 서성이던 암탉들이 놀라서 꼬꼬댁거렸고 동네 아낙들은 그들을 선망의 눈초리로 바라보았다. 미사 후 신자들이 성당 문을 열고 나오면 중앙 홀의 붉은 빛이 성당 입구에 루비처럼 아롱거렸고, 귀부인들은 집으로 돌아가기 전에 성당 바로 앞의 과자점에서 탑 모양 케이크를 샀다. 차양으로 햇빛을 가린 진열장 속에 있던 '망케', '생토노레', '제누아즈'와 같은 이름이 붙은 과자들의 한가롭고 달콤한 냄새는 주일 예배의 종소리와 일요일의 들뜬 분위기와 뒤섞여 기억 속에 남아 있다.

마침내 마지막 페이지를 넘기면 책이 끝난다. 미친 듯이 페이지 위를 내달리던 눈의 움직임과 숨을 고르기 위해서 잠시 멈추었다 재개되던 소리 없는 낭독을 끝내야 할 시간이 온 것이다. 나는 깊은 한숨을 내쉬었다. 너무도 오랫동안 계속된 내 안의 동요를 진정하고 잠시 기분 전환을 하기 위해 침대에서 일어나 침대 옆을 왔다 갔다 하기 시작했다. 내 시선은 어느 한 점에 멍하니 고정되어 있었지만 정작 방 안인지 밖인지도 몰랐다. 그 한 점까지의 거리는 영혼의 거리인 만큼 몇 미터, 혹은 몇 리 같은 물리적인 단위로는 측정 불가능하기 때문이다. 그것은 멍하니 다른 것을 생각하는 사람의 아득한 시선이 겨냥하는 거리를 물리적 단위로 잴 수 없는 것과 마찬가지 이치다. 그래서 어떻다고? 이게 다야? 현실에서 우리가 아는 사람들보다 많은 관심과 사랑을 준 이 등장인물들. 우리가 그들을 얼마나 사랑하는지 차마 고백조차 할 수 없었던 사람들. 책을 읽다 감동한 우리 모습을 부모님이 보고는 빙그레 웃는 것 같아 괜히 무안해져서 책을 덮고 짐짓 무관심한 척 혹은 재미없는 척 딴청 피우게 만들었던 그 사람들. 우리가 함께 손에 땀을 쥐고 또 함께 울었던 그 사람들을 이제 다시는 못 본단 말인가? 그 후 그들이 어찌 되었는지 결코 알 수 없단 말인가? 마지막 몇 페이지에서 작가는 「에필로그」라는 잔인한 후일담으로 그들을 우리로부터 멀리 떼어 놓는다. 그때까지 그는 그들의 운명을 한 발짝 한 발짝 뒤따라갔다. 그런데 어찌 그렇게도 무심할 수가 있단 말인가! 그들의 일거수일투족은 자세히 기록되어 왔다. 그런데 갑자기 "그 사건이 있은 지 이십 년이 지난 후, 푸제르 거리에서 우리는 아직도 허리가 꼿꼿한 노인을 볼 수 있었다."라니![71] 또 어떤 소설은 남녀 한 쌍이 결혼

---

71 직설법 반과거의 몇몇 용법은 형용할 수 없이 슬픈 느낌을 자아낸다. 이 잔인한 시제는 우리의 삶을 찰나적인 동시에 수동적으로 느끼게 할 뿐만 아니라 우

으로 가는 흥미진진한 과정을 장장 책 두 권에 걸쳐 풀어놓고, 우리는 그 과정에서 그들이 맞닥뜨리는 장애물과 그 극복 과정을 지켜보며 일희일비한다. 그런데 정작 결혼 자체는 에필로그에서 조연급 인물이 무심히 던진 말을 통해 알려진다. 그의 말로 미루어 보건대 그들은 결혼에 이르렀음이 틀림없다. 하지만 정확히 언제인지는 알 수 없다. 그 에필로그라는 것도 놀랍기 그지없다. 마치 우리의 덧없는 열정 따위는 아무것도 아니라는 듯한, 작가를 대치하는 어떤 인물이 속세를 떠나 하늘에서 조망하듯 씌어 있기 때문이다. 책이 조금 더 이어진다면 얼마나 좋을까! 불가능하다면 등장인물들에 관한 다른 정보라도 얻을 수 있기를! 우리가 그렇게도 사랑한 그들이 갑자기 사라져 버린다. 하지만 우리는 우리 삶을 그들과 무관하지 않은 것에 쓰고 싶어진다.[72] 우리의 사랑이 한 시간밖에 지속

리의 행위를 묘사하는 순간에도 마치 그것이 현실이 아닌 환상처럼 느끼게 하고, 완료 시제와는 달리 그 행위를 아득한 과거 속에 자취도 없이 사라져 버린 것처럼 느끼게 한다. 예컨대 생트뵈브의 『월요한담』을 읽다가 (알바니 부인에 대한) 라마르틴의 언급이 눈에 띄기라도 하면 나는 갑자기 말할 수 없이 슬퍼진다. "그 시기의 그녀에게는 아무것도 과거를 상기시킬 만한 것이 없었다…… 그녀는 키가 작은 여자로, 몸무게 때문에 내려앉은 그녀의 허리는 '경쾌함과 우아함'을 완전히 잃었다." 소설의 경우 독자로 하여금 고통을 느끼게 하려는 작가의 의도가 너무도 명백히 드러나는 바람에 이에 대한 우리의 저항도 커진다. — 원주

72 순문학이 아니라 역사적 근거를 가진 책일 경우. 이것이 우회적으로 어느 정도 가능할 수도 있다. 예를 들어 거의 변형되지 않은 역사적 사실과 픽션이 섞여 있는 발자크의 작품 중에는 이러한 독서에 안성맞춤인 것들도 있다. 그의 『수상한 사건(Une ténébreuse affaire)』과 『현대 사회의 이면(L'Envers de l'histoire contemporaine)』에 대한 뛰어난 논문을 쓴 알베르 소렐은 "역사학자 독자"의 가장 뛰어난 사례. 열렬한 동시에 차분한 향락인 독서는 치열한 탐구 정신과 차분하고 튼튼한 신체를 갖춘 소렐에게 얼마나 잘 어울리는지! 독서

되지 않는 덧없는 사랑이 아니었기를, 우리 사랑의 대상이 다음 날이면 까맣게 잊히는, 우리 삶과는 아무 관계 없는 책의 한 페이지에 적혀 있는 이름에 불과한 존재들이 아니었기를 얼마나 간절히 바랐는지! 하지만 이윽고 우리는 안다. 우리가 그 책들의 가치를 잘못 평가했다는 것을. 필요한 경우 부모님들이 그 책에 대해 경멸적인 말을 던짐으로써 일깨워 주기도 했다. 결국 그 책은 우리가 애초에 생각했듯 모든 우주와 운명의 비밀을 간직한 것이 아니라 어느 공증인의 서재에서 시시한 패션 화보 잡지와 『외르에루아르 현 지리』 사이의 좁은 공간을 차지할 뿐이었던 것이다.

「참깨: 왕들의 보물」에서 러스킨은 독서가 인생에 절대적 역할을 한다고 주장했다. 나는 그의 글 문턱에 해당하는 이 서문에서 러스킨의 의견에 반박하고 그 이유를 제시할 것이다. 하지만 그 전에 나는 우리 각자에게 축복으로 남아 있는 어린 시절의 행복한 독서는 여기서 제외된다는 점을 밝힌다. 사실 지금까지 독자가 읽은 내 글의 길이와 전개 방식만으로도 내

하는 동안, 시적인 감각과 막연한 행복감이 양호한 건강 상태가 주는 유쾌함과 합쳐져서 비상하며 독자의 공상 속에 꿀같이 달콤하고 매력적인 즐거움을 선사한다. 소렐은 독서라는 행위 속에 이처럼 독창적이고 강력한 사상을 내포할 기술을 완벽의 경지까지 끌어올렸다. 그러나 그 독서의 대상은 결코 '발자크의 작품과 같은' 역사와 허구가 반반인 작품에만 국한되지 않는다. 졸역 『아미앵의 성서』에 대한 소렐의 논평은 그가 쓴 글들 중 가장 힘찬 것으로, 나는 그 사실을 크나큰 감사의 마음으로 영원히 기억할 것이다. — 원주
맨 마지막 부분, 즉 알베르 소렐에 대한 언급은 프루스트의 파리 정치 대학 은사인 소렐이 프루스트의 번역에 대한 호의적인 논평을 《르 탕(Le Temps)》에 기고한 데 대한 감사의 표시로 삽입된 것.

가 이 글을 쓰면서 맨 처음에 제시한 주장, 즉 어린 시절의 독서가 우리에게 남긴 것은 책 내용 자체보다는 그 책을 읽었던 시간과 장소의 이미지들이라는 주장은 충분히 증명되었을 것이다. 왜냐하면 이 글에서 나 역시 그러한 독서의 마법에서 빠져나오지 못했기 때문이다. 내가 당시의 독서를 회고하려 하면 책이 아니라 다른 것이 떠올랐기에 나는 독서에 관해 말하려다 결국 책이 아닌 것에 대해서 말하고 말았다. 그러나 독서가 내게 환기한 추억 하나하나의 도정을 나와 함께 걷는 동안, 독자들은 어쩌면 구불구불한 꽃길을 걷는 사람처럼 발걸음을 늦추면서 자신들만의 추억을 떠올릴 수 있지 않았을까? 그리하여 그들의 머릿속에 독서라 불리는 특별한 심리적 행위를 재창조함으로써 앞으로 내가 펼칠 몇몇 생각들을 보다 쉽게 따라올 수 있지 않을까?

모두가 알다시피 「왕들의 보물」은 1864년 12월 6일, 러스킨이 맨체스터 근처의 도시 러시홈의 시청에서 행한 강연으로, 그 취지는 러시홈 협회의 도서관 설립을 돕는 데 있었다. 같은 해 12월 14일, 그는 앤코츠의 학교 설립을 후원하기 위해 「여왕들의 화원」이라는 제목의 강연을 했는데 그 주제는 여성의 역할이었다. 콜링우드는 탁월한 저서인 『러스킨의 생애와 작품』에서 기술했다. "1864년 내내 러스킨은 칼라일을 종종 방문하는 것을 제외하고는 항상 '집'에 있었다. 그리하여 12월의 맨체스터 강연 때, 그는 육체적으로나 정신적으로 최고의 상태에 있었다. 나중에 이 강연들은 『참깨와 백합』[73]이란 제목으

73   이 작품은 후에 「삶의 신비와 기술」이라는 강연 시리즈의 첫 두 강연을 포함하

로 엮여 그의 가장 인기 있는 저서가 되었는데 실로 그의 사상은 두 강연에서 가장 다채롭게 빛난다. 또한 우리는 이 책에서 러스킨이 칼라일과 나눈 대화들의 반향을 감지할 수도 있다. 예를 들어 러스킨이 찬양한 영웅적, 귀족적, 금욕적인 이상이 바로 그것이다. 그뿐만 아니라 칼라일이 런던 도서관의 설립자였다는 점을 상기한다면 책의 가치와 공공 도서관의 중요성에 관한 러스킨의 강조 역시 이러한 반향의 하나라고 할 수 있겠다.

그러나 우리는 여기서 러스킨의 주장들이 어디서부터 비롯되었는지 논의하지 않겠다. 우리의 주안점은 그의 주장을 그 자체로서 논의하는 데 있기 때문이다. 독서에 관한 러스킨의 주장은 데카르트의 다음 말로 요약된다. "양서의 독서는 그 저자들, 즉 지난 시대 최고의 교양인들과 나누는 대화와도 같다." 러스킨은 이 프랑스 철학자의 생각을 알지 못했을지도 모른다. 그러나 이러한 생각은 그의 강연 곳곳에서 발견된다. 다른 점이 있다면 데카르트의 표현은 다소 건조한 데 반해, 러스킨의 표현은 영국의 안개를 물들이는 아폴로적인 황금빛, 그가 가장 좋아하는 화가[74]의 풍경화를 비추는 영광의 황금

는 것으로 확장된다. 그럼에도 대중판에는 여전히 「참깨: 왕들의 보물」과 「백합: 여왕들의 화원」만이 수록되어 있다. 우리 책에도 역시 이 두 강연만 번역되어 있으며 「참깨와 백합」에 붙인 러스킨의 여러 서문 중 어느 것도 포함되지 않았다. 이 책의 분량과 내 자신이 첨가한 많은 각주 때문에 다른 방법이 없었다. 「참깨와 백합」의 수많은 판본 중, 단 네 종의 판본(스미스엘더앤드컴퍼니)을 제외한 다른 모든 판본은 조지앨런에서 출판되었다. — 원주

74   윌리엄 터너.

빛으로 싸여 있다는 것이다. 러스킨은 말한다.

우리에게 좋은 친구를 선택하려는 의지와 통찰력이 있다 하더라도 실제로 그런 친구를 선택할 힘이 있는 사람은 얼마나 될까요! 대다수에게 선택의 영역은 또 얼마나 좁은지요! 친분이 있는 사람 중 대부분은 우연이나 필요에 따라 정해집니다. 게다가 사람을 만나는 범위도 제한적이고 협소합니다. 누구와 교제하게 될지 알 수 없으며, 아는 사람이라도 가장 필요한 순간에 내 곁에 없을 수도 있습니다. 일반인이 뛰어난 지성을 갖춘 사람들과 교제할 기회는 드물며, 설혹 만날 기회가 있다 해도 매우 순간적이고 부분적입니다. 운이 좋으면 위대한 시인을 언뜻 보고 목소리도 들을 겁니다. 과학자에게 한 번 정도 질문할 기회를 얻고 친절한 대답까지 들을 수도 있겠지요. 장관과 십 분 정도 말할 기회도 얻겠지만 장관의 말은 거짓투성이라 오히려 듣지 않는 게 나을 겁니다. 공주가 지나는 길에 꽃다발을 놓거나 여왕의 친절한 눈길과 마주칠 행운을 평생 한두 번 얻을 수 있을 겁니다. 우리는 이런 찰나적인 기회를 애타게 원하고, 이를 얻기 위해 시간과 열정, 힘을 소모합니다. 그러나 우리에게는 또 다른 교제의 가능성이 언제나 열려 있습니다. 우리의 신분에 상관없이 언제라도 우리가 원하는 만큼 길게 대화를 나눠 줄 사람들이 대기합니다. 최고로 엄선된 언어로 말하며 우리가 경청하면 우리에게 감사할 사람들입니다. 이들은 점잖고 그 수가 매우 많으며 접견을 허락하는 것이 아니라 우리를 만나기 위해서 종일토록 주변에서 기다려 줍니다. 바로 위대한 왕들과 정치가들로 이들은 소박하게 장식된 협소한 대기실인 서가를 떠나지 않고 참을성 있게 머뭅니다. 그러나 우리는 이들을 무시하며 이들의 말을 종일 단 한 마디도 들으려 하지 않습니다.[75]

154

그러고는 덧붙인다.

함께하려는 이유는 그들의 말을 듣기 위한 것이 아니라고 말입니다. 그들을 직접 만나 얼굴을 보면서 이야기하고 싶어서라고요.

러스킨은 이 반박과 또 다른 하나의 반박에 답하는 과정에서 우리가 주위에서 만나는 사람들보다 훨씬 지혜롭고 흥미로운 사람들과의 대화와 독서가 조금도 다르지 않다는 사실을 보여 주었다. 그러나 나는 이 책에 붙인 주석을 통해 독서란 결코 대화와 같을 수 없다는 점을 보이려 했다. 그것은 그 대화의 상대자가 이 세상에서 가장 지혜로운 사람이라 하더라도 마찬가지다. 왜냐하면 책과 친구의 근본적인 차이점은 그들 지혜의 깊이가 아니라 소통하는 방식에 있기 때문이다. 독서는 대화와는 정반대로 혼자 있는 상태에서 다른 사람의 생각을 받아들이는 것이다. 독서할 때 우리는 혼자 있을 때의 지적 능력을 십분 발휘한다. 그런데 일단 대화 상황에 돌입하면 그 능력은 즉각 흐트러지고 만다. 또한 독서를 할 때면 우리는 혼자 있을 때처럼 영감에 불타고, 우리의 영혼은 스스로에 대한 자성적 작업을 충실히 해낼 수 있다. 러스킨은 앞에 제시한 그의 주장 몇 페이지 뒤에 다른 몇몇 가지 주장을 첨가하였는데 만일 러스킨이 이 주장들에서 논리적으로 결론을 도출하였다면 아마도 그 역시 내 것과 유사한 결론에 도달하였을지도 모른다. 그러나 그는 독서라는 개념의 핵심에 다가가려고 하지 않았다. 그는 우리에게 독서의 가치에 대해 가

75 「참깨: 왕들의 보물」 6장, 「참깨와 백합」. — 원주

르처 준다면서 멋있는 일종의 플라톤적 신화만을 늘어놓았다. 이는 우리에게 모든 진리를 다 보여 주었지만 매우 단순한 단계에 머무름으로써 심화의 몫은 현대인에게 고스란히 남겨 놓은 그리스인들의 태도와도 같다. 나는 독서란 근본적으로, 그리고 고독 속에서의 소통이라는 유익한 기적이라는 점에서 러스킨의 말과 다를 뿐 아니라 그 이상이라고 생각한다. 그럼에도 나는 독서가 우리 정신적 삶에 있어 지배적인 역할을 한다고 믿는 러스킨의 생각에 동의하지 않는다.

독서의 역할적 한계는 독서의 미덕 자체에 기인한다. 그리고 나는 이 미덕을 설명함에 있어 다시 어린 시절의 독서를 인용하겠다. 앞에서 책을 읽고 있는 내 모습을 묘사했다. 나는 식당의 난롯가에서, 내 방에서, 코바늘로 뜨개질한 덮개를 씌운 소파 깊숙이 앉아서 책을 읽었다. 또 날씨 좋은 어느 날 오후, 공원의 개암나무와 산사나무 아래서, 끝없는 들판의 숨결이 저 멀리서 토끼풀과 잠두콩 내음으로 내 코를 간질이면, 나는 피로해진 눈을 들어 그것들을 바라보면서 책을 읽었다. 이십 년이 지난 지금, 당신의 눈은 그 책의 제목을 읽지 못하겠지만 나의 기억은 그 책이 테오필 고티에[76]의 『프라카스 대위』임을 떠올릴 수 있다. 그 책에는 내가 특히 좋아했던 두세 문장이 있었는데 내 생각에는 그 책에서 가장 독창적이고 아름다운 문장들로, 그 어떤 작가도 거기에 비견할 만한 것을 쓴 적이 없다고 확신했다. 나는 그러한 아름다움이 어떤 실재와 상응한다고 믿었는데 테오필 고티에는 그 실재를 일부분만

76   Théophile Gautier(1811~1872). 프랑스의 작가이자 시인.

살짝, 책 한 권에 두세 번 정도만 보여 준 듯했다. 나는 고티에가 그 실재 전체를 완전하게 알리라는 것을 믿어 의심치 않았다. 그래서 나는 그의 다른 책들을 읽고 싶어졌다. 그 책에는 모든 문장이 죄다 『프라카스 대위』의 문제의 문장들처럼 아름답고, 내용 역시 딱 내가 작가에게 의견을 물어보고 싶은 주제만을 다루고 있을 터였다.

웃음은 그 자체가 원래 잔인한 것은 아니다. 이는 인간과 동물을 구분하는 것이다. 고대 그리스 시인 호메로스의 『오디세이아』에 명시된 바와 같이 웃음은 행복한 불멸의 존재인 신들의 특권이다. 그들은 올림포스 산에서 호탕하게 맘껏 웃으며 영겁의 시간을 보낸다.[77]

77 사실 이 문장은 『프라카스 대위』에 나오는 그대로의 문장을 옮긴 것이 아니다. 원문에는 "고대 그리스 시인 호메로스의 『오디세이아』에 명시된 바와 같이"가 아니라 단순히 "호메로스에 따르면"이라고 되어 있다. 그러나 이 책의 다른 곳에 "호메로스에 명시된 바와 같이", "『오디세이아』에 명시된 바와 같이"라는 표현이 있고, 이것들은 내게 동급의 즐거움을 선사했기에, 또한 나는 오늘날 이 표현들에 대해 더 이상 종교적인 존경심을 가지고 있지 않기에, 독자에게 한층 강한 인상을 남기기 위해 내 마음대로 이 모든 아름다운 표현들을 한 문장에 집약했다. 『프라카스 대위』의 다른 곳에는 호메로스를 '고대 그리스 시인'이라고 소개하는데 어린 시절의 나는 분명히 그 표현에 매료되었던 것 같다. 그러나 나는 예전에 내가 느낀 그 기쁨을 정확히 기억해 낼 수 없다. 따라서 이 수많은 멋진 표현들을 한 문장에 집약하는 것이 도를 지나치지 않았다고 100퍼센트 자신할 수는 없지만 어느 정도는 그렇다고 믿는다. 당시 나는 산책로의 자갈 위에서 발을 구르며, 강가에 피어 있는 붓꽃과 빙카꽃에다 대고, 『프라카스 대위』에 나오는 문장들을 열광적으로 읊어 댔다. 그때 만일 이 모든 표현이 한 문장 속에 다 들어 있었다면 얼마나 더 감미로웠을까? 그러나 슬프다! 인위적으로 이 표현들을 한데 모아 놓은 지금에는 아무 기쁨도 느끼지 못한다. ─ 원주

이 문장은 나를 완전히 고무했다. 오직 고티에만이 드러내고 보여 줄 수 있는 중세를 통해 이루 말할 수 없이 멋진 고대를 엿보는 것 같았다. 하지만 이 문장들은 이 책에서 일종의 예외였다. 그는 이 문장들 앞에 어떤 성에 대한 묘사를 길게 늘어놓았는데 하도 모르는 단어가 많아서 도대체 무슨 말인지 알 수가 없었다. 나는 간절히 바랐다. 이런 멋진 표현들을 지루한 묘사들 뒤에 슬그머니 숨기듯이 집어넣는 대신 책 내용 전부를 이런 것들로 가득 채운다면 얼마나 좋을까! 다 읽은 후에도 계속 느끼고 사랑할 수 있는 것들로 책을 채운다면 얼마나 좋을까! 특별히 추웠던 그해 3월, 나는 셰익스피어, 생틴,[78] 소포클레스, 유리피데스, 실비오 펠리코[79]를 읽었다. 한 권 한 권을 끝낼 때마다 들떠서는 이리저리 걷고, 발을 구르고, 마을길을 뛰곤 했다. 꼼짝 않고 앉아 있는 동안 축적된 에너지가 한꺼번에 터져 나온 것이다. 그럴 때면 마을길에 불어오는 바람조차 흥분을 더해 주었다. 나는 진리의 유일한 소유자인 고티에에게서 이런 책들에 대한 견해를 듣고 싶었다. 또한 진리에 도달하려면 중학교 1학년 과정을 유급하는 게 좋을지 그가 알려 주었으면 했다. 내가 자라서 외교관이 되는 게 나을지, 최고 재판소 판사가 되는 게 나을지도. 하지만 그는 그 아름다운 문장이 끝나자마자 곧바로 "그 위에 손가락으로 글씨를 쓸 만큼 먼지가 두텁게 쌓인" 식탁을 묘사하기 시작했다. 시시했다. 그래서 그 묘사에 관심을 두는 대신 고티에가

---

78 Joseph Xavier Boniface Saintine(1798~1865). 프랑스의 극작가이자 소설가.

79 Silvio Pellico(1789~1854). 이탈리아의 시인, 극작가, 애국자. 독립 운동을 하다 십 년간 투옥된 경험을 기술한 비망록 『나의 감옥』이 유명하다.

쓴 다른 책에는 어떤 것이 있나 묻게 되었다. 내 기대를 만족시키고, 그의 사상을 전부 알게 해 줄 다른 책이 분명히 있지 않을까 하고 말이다.

　이것이 바로 좋은 책의 위대하고 멋진 특성이다. (그리고 이를 통해 우리는 우리의 정신적 삶에 있어서 책이 갖는 매우 근본적이면서도 상당히 제한적인 역할을 이해할 수 있다.) 즉 그 책들은 작가에게는 '결론'이지만 독자에게는 '도발'이다. 작가의 지혜가 끝나는 지점이 바로 독자의 지혜가 시작되는 지점이다. 우리는 작가가 답을 주기를 바라지만 그가 할 수 있는 것이란 단지 우리에게 욕망을 불어넣는 것뿐이다. 그리고 이 욕망은 작가가 자신의 예술을 극한으로 밀고 나감으로써 도달한 숭고한 아름다움에 독자가 반응할 때야 비로소 싹트게 된다. 그러나 매우 이상하고도 다행한 정신적 관점의 법칙(이 법칙이란 바로 진리란 다른 사람으로부터 전수받는 것이 아니라 우리 스스로 창조해야 한다는 것이다.)에 의해 우리는 책의 지혜가 끝나는 지점이 바로 우리의 지혜의 시작점이라 느낀다. 말하자면 책이 말을 끝냈을 때, 우리는 아직 아무것도 듣지 못한 느낌을 받는 것이다. 우리는 책이 답할 수 없는 질문을 책에게 묻는다. 그러나 책이 무어라 대답을 하더라도 그것은 우리에게 전혀 도움이 되지 않을 것이다. 시인들이 어떤 사물에 중요성을 부여하는 것은 그들의 개인적 감정 때문이다. 그런데 우리는 그 시인들에 대한 사랑 때문에 그 사물들에 일종의 객관적 중요성을 부여한다. 시인들이 우리에게 이 세상 다른 곳과는 전혀 다른 멋진 곳을 살짝 들쳐 보이면 우리는 그들이 우리를 그 한복판으로 데려가 주기를 바란다. 우리는 마테를링크, 노아유 부인에게 말하고 싶다. "유행이 지난 꽃들이 자라는 젤랑드[80]의 토끼풀과 쑥[81]이 자라는 향기로운 길로, 당신이 책에 언급하지 않았지만 여전히 그곳들만큼 아름답다고 생각하는 지상의 모든 곳으로 우리를 데려다주세요."라고. 우리는 밀레(왜냐하면 화가들은 시인들과 마찬가지 방식으로 우리에게 가르침을 주니까)가 「봄(Printemps)」에 그린 들판에 가 보고 싶고, 클로드 모네가 우리를 지베르니로, 센 강가로, 아침 안개 속에 보일 듯 말 듯 흐르는 강굽이로[82] 데려가 주었으면 한다. 그런데 노아유 부인, 마테를링크, 밀레, 클로드 모네가 다른 곳이 아닌 바로 그 길, 그 정원, 그 들판, 그 강굽이를 그리게 된 것은 그들이 지인이나 친척 들 때문에 그곳을 지나가거나 머무르게 된 단순한 우연에서다. 우리에게 그 장소들이 다른 곳보다 특별하고 아름답게 보이는 것은 천재 예술가가 받은 인상이 그 장소에 투영되어 있기 때문이다. 그런데 만일 그가 다른 장소를 그렸다면 그곳의 평범하고 무덤덤한 표면 위에도 그 천재 예술가의 고유한 인상이 똑같이 투영됐을 것이다. 예술가가 선택한 장소들은 이러한 표층이 덧입혀 있기 때문에 우리를 매료하고, 또 바로 그 때문에 우리를 실망시키며, 우리에게 그 너머로 나아가고 싶은 욕망을 불러일으킨다. 그런데 이 표층이야말로 두께도 실체도 없는 것, 화폭 위에 담겨진 일종의 신기루와 같은 것, 즉 시점의 핵심이다. 또한 우리가 꿰뚫어보

---

80   모리스 마테를링크의 수필집 「이중의 정원(Le Double Jardin)」(1904)에 나오는 구절. 젤랑드는 네덜란드 서남부 지방.

81   아나 드 노아유(1876~1933)의 시 「토끼풀과 쑥 향기(Parfumés de trefle et d'armoise)」, 「나달의 그림자(L'Ombre de Jours)」(1902).

82   모네가 1897년에 완성한 「센 강의 아침」 연작 참조.

기를 간절히 바라는 안개는 바로 화가가 이룬 예술의 화룡점 정인 것이다. 화가와 마찬가지로 작가 역시 우리에게 세계를 가린 추함과 무의미의 장막(그리고 이 장막 때문에 우리는 지금까지 세계에 별 관심이 없었다.)을 살짝 들어 주는 데 그친다. 그는 이 장막을 들고 우리에게 말한다.

　　보아라, 보아라.
　　토끼풀과 쑥 향기에 젖은,
　　좁고 세찬 개울들을 껴안은,
　　엔과 우아즈 지방을,
　　조개껍질처럼 분홍빛으로 빛나는 젤랑드의 집을 보아라. 보아라! 보는 법을 배워라!

　　그는 이 말을 마치고 홀연히 사라진다. 바로 이것이 독서의 가치이자 한계다. 독서의 역할이란 우리를 딱 문턱까지만 인도해 주는 것이다. 그러므로 독서를 그 자체로 하나의 학문으로 만드는 것은 독서에 너무 큰 역할을 부여하는 일이다. 독서는 정신적 삶의 문턱에서 우리를 그 삶 속으로 인도해 줄 수 있다. 그러나 그 자체가 우리의 정신적 삶을 구성할 수는 없다.

　　그러나 정신적 쇠약과 같은 병적인 상황에 있어서 독서는 일종의 치료법이 될 수 있다. 독서가 주는 반복적인 자극을 통하여 게으른 정신은 정신적 삶을 되찾을 수 있기 때문이다. 이 경우 책은 신경 쇠약 환자를 치료하는 정신과 의사와 비슷한 역할을 한다.

　　몇몇 신경 질환 환자는 신체 조직이 멀쩡한데도 의욕 결핍이라는 깊은 수렁에 빠져서 혼자서는 빠져나오지 못한다.

만일 강력한 외부의 도움이 없을 경우, 그는 결국 그 속에 함몰되어 버리고 만다. 그의 뇌와 수족과 폐와 위는 모두 정상이다. 그는 일하고, 걷고, 추위를 견디고, 먹는 데 아무 문제가 없다. 하지만 그에게는 이런 행위를 할 의지가 없다. 이러한 의지 결핍은 필연적으로 신체 기관의 쇠약을 초래하고, 그것은 결국 병든 상태와 유사해지고 말 것이다. 이렇게 되지 않으려면 환자에게 결핍된 이 의지, 이 충동이 외부로부터 투입되어야 한다. 즉 의사가 환자를 대신해서 원하고 욕망해야 하며 이것은 환자가 조금씩 다양한 의욕을 회복할 때까지 계속되어야 한다. 그런데 인간의 정신 중에도 이러한 환자와 유사한 상태가 있다. 나태[83] 혹은 경박성 때문에 자기 내면의 심저까지

---

83   내 생각으로는 루이마르슬랭 드 퐁텐(Louis-Marcelin de Fontaines)에게도 다소 나태한 면이 있었다. 생트뵈브는 그에 대해 말했다. "그는 쾌락주의자적 성향이 매우 강했다……. 이런 물질주의적 성향만 없었더라면 퐁텐은 재능이 뛰어난 만큼 더 많이 더 오래 남을 작품을 쓸 수 있었을 것이다." 무기력한 사람들은 항상 자신이 무기력하지 않다고 말한다. 퐁텐 역시 말했다. "사람들은 내가 시간을 허비한다고 말한다. 오로지 자기들만이 이 세기의 영광이니까." 그러면서 자신이 열심히 일한다고 주장한다.
       콜리지(Coleridge)의 경우는 좀 더 병적이다. 카펜터는 말한다.(리보의 책 『의지의 병(Les Maladies de la Volonté)』에서 재인용.) "그와 동시대, 어쩌면 모든 시대를 통틀어 그 누구도 콜리지보다 강력한 철학적 추론 능력과 생생한 시적 상상력을 겸비한 사람은 없었다. 하지만 그처럼 능력이 뛰어나면서 그처럼 적게 성취한 사람도 없다. 그의 가장 큰 성격상 결점은 천부적인 재능을 제대로 활용하려는 의지의 결핍이었다. 그의 머릿속에는 항상 원대한 계획이 떠다녔지만 그는 그 어느 것 하나도 진지하게 실천하지 않았다. 그의 시인 경력 초기에 한 출판인이 그에게 시 원고에 대한 대가로 30기니를 주겠다고 제의했다. 사실 그 시는 이미 콜리지 자신이 말로 읊었던 것이었다. 그래서 돈을 받으려면 적기만 하면 되었는데도 그는 한 줄도 쓰지 않고, 매주 그 사람에게 돈을 구걸하러 가는 편을 택했다.— 원주

내려갈 수 없는, 따라서 진정한 정신적 삶에 도달할 수 없는 정신 상태 말이다. 물론 이런 정신의 소유자들도 일단 내면의 심저에 도달하기만 하면 진정한 정신적 풍요를 발견하고 향유할 수 있다. 그러나 문제는 그곳까지 자발적으로 내려갈 수 없다는 점이다. 그러므로 외부의 도움이 없는 경우, 그들은 자신을 영원히 망각한 채 표피적 삶에 머무르게 된다. 그러면서 온갖 쾌락의 장난감이 되어 주위 사람들에게 휘둘리며, 주변의 수준에 맞추는 수동적인 삶을 살게 된다. 그들의 처지를 어릴 때부터 노상 강도떼와 함께 살아 온 신사에 비유해 보자. 이 신사는 너무도 오랫동안 자기 이름을 사용하지 않아서 제 이름조차 잊어버렸다. 이와 마찬가지로 표피적인 삶을 사는 사람들은 그들이 가진 고결한 정신을 깡그리 잃고, 결국에는 그것에 대한 기억조차 잊게 될 것이다. 이런 사람들이 스스로 생각할 힘과 창조할 능력을 되찾으려면 외부 충동이 작용하여 반강제적으로 그들을 능동적인 정신세계로 인도해야만 한다. 나태한 정신은 결코 스스로 그 충동을 찾을 수 없기에 반드시 외부에서 와야 하기 때문이다. 그런데 이 외부적 충동을 우리 정신에 받아들이는 작업은 우리가 혼자 있을 때 일어나는 것이 틀림없다. 왜냐하면 우리가 앞에서 본 것과 같은 창조적 활동은 혼자 있을 때가 아니면 일어나지 않는다. 게으른 정신은 스스로 창조적 활동에 시동을 걸지 못하는 만큼, 혼자 있기만 해서는 소용이 없다. 또한 최고의 대화도 간절한 충고도 그에게는 무용지물일 것이다. 왜냐하면 그것들은 직접적으로 창조적인 활동으로 이어지지 못하기 때문이다. 그러므로 이 때 필요한 것은 외부에서 오는, 그러나 그 작용 자체는 우리 내면에서 이루어지는 개입이다. 말하자면 이때 충동은 외부,

즉 우리가 아닌 다른 정신에서 오지만 그 개입 행위 자체는 완전한 고독 속, 즉 홀로 있는 상황에서 이루어진다. 그런데 앞에서 살펴보았듯이 이것이 바로 독서의 정의이며 이 정의는 오직 독서에만 적용 가능하다. 따라서 나태한 정신에 유익한 영향력을 행사할 유일한 활동은 독서뿐이다. 이상이 내가 증명하려는 내용이었다. 기하학자들이 말하듯이 증명 완료다. 하지만 이 경우에도 독서는 시작을 독려하는 자극으로만 작용할 뿐, 결코 우리의 개인적 활동을 대체할 수 없다. 정신 요법 의사가 신경 질환 환자에게 (신체적으로는 아무 문제 없이 멀쩡한) 위와 다리와 뇌를 움직이고자 하는 의지를 다시 불러일으켜 주는 것처럼 독서는 이 활동 능력을 다시 사용할 수 있도록 해 줄 뿐이다. 모든 사람의 정신이 조금은 이런 나태, 혹은 낮은 활동 단계에 빠져 있기 때문일까? 아니면 독서가 불러일으킨 흥분이 개인적 창조 활동에 좋은 영향을 미치기 때문일까? 어찌되었건 상당수 작가들은 글쓰기에 착수하기 전에 아름다운 글 한 쪽을 읽는다고 한다. 예를 들어 에머슨은 대체로 글쓰기 전에 플라톤을 몇 쪽 읽었고, 단테는 천국의 문턱까지 베르길리우스의 안내를 받았는데 이렇게 안내를 받은 사람은 결코 단테 혼자만이 아니었다.

그러므로 독서는 우리 내면 깊이 위치한 장소들의 문을 열어 주는 일종의 마법 열쇠와도 같다. 만일 독서가 이런 인도자 역할만 한다면 독서는 우리 삶에 유익하다. 그러나 만일 정신의 개인적 삶에 눈을 뜨게 해 주는 대신 그 삶을 대치하려 한다면 독서는 위험해진다. 즉 진리가 성숙된 사고와 감성의 노력에 바탕해야만 실현 가능한 하나의 이상이 아니라, 다른 사람들 손에 이미 만들어져 책갈피 사이에 끼어 있는 하나의 완성된 물건으로 간주될 때, 그리하여 단순히 서재 선반들에 꽂힌 책들에 손을 뻗어서 펼친 다음, 몸과 마음이 쉬는 상태에서 수동적으로 맛보기만 하면 되는 것이라고 생각될 때 독서는 위험해진다. 물론 간혹 매우 예외적인 경우, 진리가 이처럼 손쉽게 닿는 서재 선반에 있는 것이 아니라 우리가 닿기 힘든 외부에 감춰진 경우도 있다. 지금까지 그 존재가 잘 알려져 있지 않았던 비밀문서, 미공개 서한이나 비망록 같은 것이 바로 그것으로, 이런 문서들은 예기치 않았던 순간에 발견되어 어떤 사람들에 대한 새로운 진실을 알려 주기도 한다. 이런 경우는 물론 (앞으로 살펴보겠지만) 위험성이 덜하다. 그러나 이 경우도 독서가 외부적인 것으로 간주된다는 점에서 마찬가지 문제점이 있다. 자기 내부에서 진리를 찾느라 지친 영혼에게 있어 그 진리가 자기 외부, 예를 들어 네덜란드의 한 수도원에 비밀스럽게 보관되어 있던 2절판 책 속에 간직되어 있다고 믿는 것은 얼마나 행복한 일일 것인가! 물론 그러한 진리에 도달하기 위해서는 고생스러운 과정을 거쳐야 한다. 그러나 이 고생은 물질적일 뿐, 정신적으로는 오히려 매력으로 가득한 휴식 시간이다. 책을 손에 넣기 위해서 그는 먼 거리를 여행해야 한다. 누웠다 일어서기를 끝없이 반복하는 갈대밭을 헤치면서, 말이 <u>끄</u>는 거룻배에 몸을 의지하여 바람이 휘몰아지는 들판을 가로질러야 한다. 이리저리 얽혀 있는 잔잔한 운하 위에, 담쟁이 덮인 성당[84]이 비쳐 보이는 도르드레흐트에서 멈추기도 해야 한다.

84 네덜란드의 도시 도르드레흐트의 흐로터케르크를 말한다.

그곳에서 휴식하면서 저녁나절, 뫼즈 강의 황금 물결, 그 표면에 일렬로 줄지은 붉은 지붕과 푸른 하늘 그리고 그 위를 미끄러지듯 지나가는 배들을 지켜보기도 해야 한다. 천신만고 끝에 목적지에 도착한다 하더라도 그는 아직 진리를 전해 받을 수 있을지 없을지 알 수 없다. 그러기 위해서는 영향력 있는 사람들을 움직여 옛 얀센파 교도처럼 얼굴이 각진 위트레흐트 대주교 및 아메르스포르트의 경건한 고문서 관리인과 안면을 터야 하기 때문이다. 이런 경우 진리의 쟁취는 힘든 여행과 미묘한 협상이 필요한 일종의 외교적 임무로 간주된다. 하지만 그런 수고가 무슨 대수인가? 우리가 진리에 도달하려면 위트레흐트에 있는 오래된 작은 성당 사람들의 호의가 필요할 텐데 이들은 모두 좋은 사람들로, 그들의 17세기적 얼굴은 우리가 익숙한 얼굴들과 매우 달라서 기분 전환마저 시켜 주고, 또 그들과 편지로나마 교류를 이어 가는 것도 재미난 일이다. 때때로 그들이 보내오는 편지에 담긴 그들의 존경심은 우리의 자존감을 높여 주고 우리는 그들의 편지를 일종의 증명서나 기념품처럼 간직하게 되리라. 그리고 언젠가는 우리가 쓴 책 한 권을 그들에게 헌증할 텐데 이는 우리에게 진리를 선물한 사람에게 표해야 할 최소한의 예다. 우리가 진리를 소유하기 위해 반드시 거쳐야 할 다음 단계는 수도원 도서관에서 조사를 약간 하고, 혹시라도 잃어버릴까 메모를 하는 것이다. 이러한 작업이 좀 수고스럽다 하더라도 결코 불평해서는 안 된다. 오래된 수도원은 너무도 고요하고, 상쾌할 정도로 공기는 시원하기 때문이다. 게다가 그곳 수녀들은 여전히 수도원 응접실에 걸려 있는 로히어르 판데르 베이던의 그림에 나오는 것과 똑같은 하얀 너울이 달린 높다란 원뿔 모자를 쓰고 있다. 우리가 일하는 동안, 17세기에 만들어진 종이 부드럽게 울리면 운하의 수면 위에 잔잔한 파문이 일며 운하 양쪽에 늘어선 나무들 사이로 창백한 태양빛이 종을 반짝인다. 그 뒤로 보이는 합각머리 장식이 된 집들에는 거울이 걸려 있고, 그 거울에는 여름이 끝날 무렵이면 벌써 잎이 떨어져 앙상해진 나무들이 비친다.[85]

사색이 아니라 영향력에 좌우되는 진리, 추천장으로 얻을 수 있는 진리, (어쩌면 자신도 알지 못하면서) 그저 물리적으로만 가지고 있다가 당신 손에 넘겨줄 수 있는 진리, 공책에 베껴 쓸 수 있는 진리. 사실상 이러한 진리의 개념은 최고로 위

---

85   이 모든 것이 완전히 상상의 산물인 까닭에 위트레흐트 근처 수도원을 찾는 일은 헛수고라는 점을 독자에게 상기시킬 필요는 없을 것이다. 사실 이것은 레옹 세셰(Léon Séché)가 생트뵈브의 작품에 관해 쓴 구절에 바탕을 둔 것이다. "리에주에 머무르던 어느 날, 그(생트뵈브)는 위트레흐트의 작은 성당에 닿을 생각을 했다. 꽤 늦은 시각이었다. 하지만 위트레흐트는 파리에서 매우 멀었고 나는 그의 소설 『쾌락(Volupté)』이 아메르스포르트의 문서 보관실 문을 열 수 있었을지 모르겠다. 아마도 그렇지 않았을 것이다. 왜냐하면 그가 『포르루아얄(Port-Royal)』을 2권까지 출간한 다음에도 이 문서실을 담당하던 경건한 관리인은 (……) 생트뵈브는 카르스텐으로부터 몇 상자를 열어 볼 허가를 어렵사리 받아냈다. (……) 『포르루아얄』 2권을 보면 생트뵈브가 카르스텐에게 부친 감사 인사가 있다."(레옹 세셰, 『생트뵈브』 1권 229쪽 이하) 여행의 세부 사항은 나의 개인적 경험에 기초한 것이다. 위트레흐트에 가려면 도르드레흐트를 거쳐야 하는지는 모르겠다. 그러나 도르드레흐트에 대한 묘사 자체는 내가 본 그대로다. 내가 갈대 사이로 말이 끄는 거룻배를 타고 여행한 곳은 위트레흐트가 아니라 볼렌담이었다. 내가 위트레흐트에 있는 것으로 묘사한 운하는 실제로는 델프트에 있다. 나는 본의 시립 병원(Hôtel-Dieu de Beaune)에서 판데르 베이던의 그림(「최후의 심판」)과 플랑드르 지방에서 왔다고 기억되는 수녀들을 보았다. 그녀들이 머리에 쓰고 있는 베일은 로히어르 판데르 베이던의 그림이 아니라 내가 네덜란드에서 본 다른 그림들에 나오는 것과 같았다. ─ 원주

험한 진리 개념이 아니다. 왜냐하면 역사가나 박학다식한 사람의 경우 책 속에서 진리를 찾으려 멀리까지 가기도 하지만 그들이 찾는 진리는 진리 그 자체가 아니라 차라리 진리에 관한 단서나 증거에 가깝기 때문이다. 이들 학자들은 이를 단서로 하여 또 다른 진리를 찾거나 자신들이 찾은 진리를 증명하는데, 이 경우 진리는 그들 정신의 개인적인 창조물이다. 그러나 문필가의 경우는 다르다. 그는 단순히 읽기 위해서, 또 자신이 읽은 것을 기억하기 위해서 읽는다. 그에게 있어 책은 자신을 천국의 문까지 안내한 다음, 그 문을 여는 순간 날아가 버리는 천사가 아니라 거기에 버티고 서서 경배를 요구하는 우상이다. 무릇 책의 가치는 그 책이 촉발하는 사상에 있으며, 책의 권위 또한 여기서 나온다. 그러나 이 우상은 이러한 진정한 권위가 아니라 인위적인 거짓 권위로 주위 모든 것을 전염시킨다. 문필가가 빙그레 웃으며 어떤 이름이 빌라르두앵[86]이나 보카치오의 책에 나온다거나[87] 어떤 풍습이 베르길리우스의 책에 묘사되어 있다고 말할 때, 그는 이런 이름 혹은 풍습에 거짓 권위를 부여하는 셈이다. 어떠한 독창적 활동도 하

---

86 Geoffrey de Villehardouin(1150?~1213). 프랑스의 군인, 연대기 작가.

87 순수한 속물근성은 한층 순진하다. 어떤 사람의 선조가 십자군 원정에 참여했다는 이유로 그와 교류하고 싶어 하는 것은 단순한 허영심일 뿐, 지성과는 전혀 관계가 없다. 그러나 어떤 사람의 할아버지 이름이 알프레드 비니나 샤토브리앙의 작품에 자주 등장하거나 (고백하건대 나로서는 정말 떨치기 어려운 유혹이지만) 아미앵 대성당의 원화창에 가문의 문장이 들어 있다는 이유로(이 장본인은 가문의 후광이 없더라도 충분히 멋진 여성이다.) 그와 교류하고 싶어 한다면 바로 여기서부터 지적 죄악이 시작된다. 나는 이 죄악에 대해 할 말은 많지만 다른 곳에서 이미 길게 풀어 썼기 때문에 이쯤에서 줄인다. — 원주

지 않는 그의 정신은 책 속에서 자신을 더욱 강화해 줄 자양분을 분리해 낼 수 없다. 이렇게 통짜 그대로 들어온 책은 그의 정신 속에 동화되지 못하는 까닭에 삶의 원칙이 되지 못한 채, 이질적 객체이자 죽음의 원리가 되고 만다. 내가 이러한 취향, 즉 책에 대한 일종의 물신 숭배를 해악이라고 정의하는 것은 하나의 이상적인 기준, 즉 어떠한 결점도 없는 완벽한 정신이란 기준을 미리 상정했기 때문이다. 그러나 이런 이상적인 정신은 현실에 존재하지 않는다. 생리학자는 완벽하게 정상적인 신체 기관들의 작동 상태를 묘사하는데 이런 이상적 상태는 살아 있는 생물에서는 찾아보기 어렵다. 현실에서는 완벽하게 건강한 신체가 없는 것과 마찬가지로 완벽한 정신도 없으며, 우리가 위대한 정신이라고 부르는 사람들도 다른 이들과 마찬가지로 이러한 문학적 질병에 걸려 있다. 어쩌면 이들은 정도가 더 심할지도 모르겠다. 책에 대한 사랑은 지성과 정비례하는 것 같다. 그것은 지성과 동일한 줄기, 그러나 조금 아래쪽에 위치해 있다. 무릇 모든 열정은 열정의 대상 주위에 있는 것들, 즉 그 대상과 관련이 있는 것, 그래서 그 대상이 없을 때 그것에 대해 말해 줄 수 있는 것들에 대한 사랑을 동반한다. 그래서 위대한 작가들은 직접적으로 사고하지 않는 동안, 책과 함께하기를 좋아한다. 사실 책은 그들을 위해 쓰인 것이 아니겠는가? 평범한 사람들에게는 감춰진 수많은 아름다움이 오직 그들 앞에서만 드러나는 것 아니겠는가? 그러나 몇몇 우월한 정신을 가진 사람들이 애서가라는 사실 때문에 책에 대한 지나친 사랑이 결점이 아니라고 말할 수는 없다. 머리가 시원치 않은 사람은 성실히 일하는 경우가 많고, 머리 좋은 사람들은 게으른 경우가 많다고 해서 성실이 게으름보다 머리에 나쁘다고 말할 수는 없지 않겠는가? 그럼에도 위대한 사람에게 이런 결점이 있는 것을 알면 사실상 그것이 결점이 아니라 제대로 알려지지 않은 장점이 아닌가 생각하게 된다. 빅토르 위고는 퀸투스 쿠르티우스, 타키투스, 유스티아누스[88]의 저서들을 달달 외웠고, 만일 누군가가 그의 앞에서 어떤 용어의 적절성에 의문을 제기하기라도 하면[89] 즉시 여러 인용문을 들어 가며 어원까지 이르는 족보를 죽 나열하였다. 이처럼 진정으로 박학다식한 위인의 예를 접하면 기쁨을 금할 길 없다.(빅토르 위고의 박학다식은 그의 천재성을 질식시키지 않고 오히려 향상시킨다. 이것은 나뭇단을 작은 불에 넣으면 불이 꺼지지만 큰 불에 넣으면 활활 당기는 것과 같은 이치인데, 이에 대해서는 다른 곳에서 이미 다룬 바 있다.) 마테를링크는 책벌레와는 거리가 먼 사람이다. 그의 정신은 언제나 벌통과 화단과 목장이 주는 수많은 감정들에 열려 있다.[90] 그러나 다른 한편으로 그는 야코프 카츠[91]나 산드루스 사제[92]의 고서에 실려 있는 그림들을 거의 전문가에 버금가는 수준으로 묘사했는데 그의 사례는 박학다

---

88 Quintus Curtius Rufus. 1세기에 살았던 로마의 역사가로 『알렉산드로스 대왕의 역사』를 썼다. Publius Cornelius Tacitus(56~120). 로마 제국의 역사가. 대표작으로는 『연대기』와 『역사』가 있다. Iustiniaus I(482~565). 흔히 유스티아누스 대제라고 불리는 동로마 제국 황제로 『유스티아누스 법전』을 썼다.

89 폴 스타페, 「Souvenirs sur Victor Hugo(빅토르 위고의 기념품)」, 《르뷔 드 파리(La Revue de Paris)》. ── 원주

90 마테를링크는 시골에 살면서 이런 것들에 대해 많은 수필을 남겼다.

91 Jacob Cats(1577~1660). 17세기 네덜란드의 시인, 법률가, 정치가. 교훈적인 장면을 그린 상징도로 유명하다.

92 Antonius Sanderus(1585~1664). 플랑드르의 시인, 신학자. 플랑드르 지방에 대한 지도 및 그림을 곁들인 소개서 『삽화를 곁들인 플랑드르(Flandria illustrata)』를 저술했다.

식이나 애서 취미가 항상 그렇게 위험하지는 않다는 점을 깨닫게 해 준다. 사실 이러한 위험은 지성보다는 감성에 해악을 끼친다. 유익한 독서라는 것이 있다면 시인이나 문인들보다는 사상가의 경우에 적당한 말이다. 예를 들어 쇼펜하우어는 어마어마하게 거대한 박학다식을 아주 가볍게 처리하는 정신적 에너지를 지녔기 때문에 새로운 지식은 곧바로 그 요지, 즉 그 지식에 담긴 생명력 있는 부분만으로 분리되어 파악될 수 있었다.

쇼펜하우어는 하나의 주장을 제시하고 나면 곧바로 여러 인용으로 뒷받침하였다. 그러나 독자는 그러한 인용문들이 그저 단순한 예시이자 무의식적이고 선행적인 암시 이상은 아니라고 느낀다. 즉 작가는 그런 글에서 자기 생각의 몇몇 측면을 확인할 수 있어 기쁘지만 결코 그것들이 작가 사상의 원천이 된다고 느끼지는 않는다. 나는 『의지와 표상으로서의 세계』에서 한 쪽에 스무 개 정도 인용이 연달아 나왔던 것을 기억한다. 비관주의에 관한 내용이었다.(물론 나는 문제의 인용구들을 압축하여 제시하고자 한다.)

『캉디드』에서 볼테르는 매우 유쾌한 방식으로 낙관주의에 대항하여 싸운다. 바이런은 『카인』에서 그 특유의 비극적 방식으로 싸웠다. 헤로도토스는 트라키아인들이 새 생명이 태어나면 한탄하고, 사람이 죽으면 즐거워했다고 보고한다. 플루타르코스 역시 아름다운 시구로 같은 것을 표현한다. "태어난 자를 불쌍히 여기라, 그는 수많은 악에 직면하게 될 테니까." 멕시코인들에게는 이렇게 기원하는 관습이 있다. "내 자식아, 너는 인내하기 위해서 태어났다. 그러므로 참고 고통받고 잠자코 있어라."[93] 같은 맥락에서 스위프트는(월터 스콧이 쓴 스위프트의 전기에 따르면) 젊을 때부터 생일을 슬픈 날이라고 했다. 우리는『소크라테스의 변명』에서 죽음을 좋은 것이라고 했던 플라톤의 말을 기억한다. 헤라클레이토스의 잠언 역시 같은 생각을 표현한다. "삶은 생(生)이란 이름을 가지고 있지만, 실제는 사(死)다." 테오그니스의 아름다운 시구들은 너무도 유명하다. "태어나지 않는 것이 인간에게는 최선이다."『콜로니우스의 오이디푸스』(1224행)에서 소포클레스는 요약한다. "태어나지 않는 것, 그것이 무엇보다 좋다." 유리피데스는 말한다. "인간의 모든 삶은 고통으로 채워져 있다."(「히폴리투스」189행) 그리고 호메로스는 이미 말한 바 있다. "땅 위에서 살아 숨 쉬는 모든 것 중에서 인간보다 비참한 것은 없다." 플리니우스도 말했다. "때맞은 죽음보다 좋은 것은 없다." 셰익스피어는 늙은 헨리 4세의 입을 통해 말한다. "아, 이런 것을 보게 된다면…… 이 세상에서 가장 행복한 젊은이는 책을 덮고 그 자리에 앉아 죽어 버릴 텐데." 마지막으로 바이런의 말이 있다. "태어나지 않는 편이 낫다." 발타사르 그라시안은 그의 소설『크리티콘』을 비롯한 여러 작품에서 인간 삶을 너무도 어두운 색채로 표현한다."[94] 지나치게 길지만 않았다면 쇼펜하우어의『삶의 지혜에 관한 금언』을 원용하여 이 논증을 완성할 수도 있었으리라. 이 책이야말로 내가 아는 책 중에서 가장 독서를 많이 한 사람이 썼음에도 가장 독창적인 책이다. 실제로 쇼펜하우어는 한 쪽에 여러 인용을 넣은 이 책 서두에서 아주 진지하게 천명

---

93   프루스트가 생략한 부분이나 한국어의 문맥상 어색하여 보충하였다.

94   아르투어 쇼펜하우어, 「인생의 무상함과 고통」, 『의지와 표상으로서의 세계』. ― 원주

했다. "남의 글을 그러모아 편집하는 것은 나의 일이 아니다."

우정, 적어도 개인들 사이에서의 우정은 가볍고 변덕스러운 것이고, 독서 또한 일종의 우정이라 할 수 있다. 하지만 이 우정은 적어도 진실한 우정이다. 죽은 사람, 현재 존재하지 않는 사람에 대한 우정이기에 이해타산을 초월해 있고, 따라서 상당히 감동적이다. 또한 이 우정에는 보통의 우정에 흔히 수반되는 추악함이 없다. 우리는 살아 있고, 살아 있다는 것은 아직 죽지 않았음을 의미할 뿐, 필연적으로 모두 죽을 수밖에 없다. 그러므로 우리가 현관에서 나누는(말로는 존경, 감사, 헌신이라 부르지만 실제로는 거짓말투성이인) 모든 예절과 인사는 헛되고 피곤한 일이다. 게다가 호감, 찬미 혹은 감사의 감정에 바탕해 우정이 싹트기 시작한 이래로 우리가 처음으로 하는 말, 처음으로 쓰는 편지 등은 우리 주위에 관습의 그물을 치기 시작하며, 우리의 존재 방식을 규정짓는다. 일단 이렇게 습관이 형성되면 우리는 거기서 빠져나올 수 없으므로 이후의 친구 관계에서 필수 불가결한 요소로 자리매김하고 만다. 우리가 내뱉은 과장된 말과 약속 들은 반드시 지불해야 할 어음처럼 구속력을 띠고, 우리가 그것을 지키지 못해 원망이라도 듣게 되면 우리는 후회로 평생 괴로워한다. 책과의 우정은 우리 생애 최초의 우정과 마찬가지로 순수하다. 여기에는 가식이 필요 없다. 이 친구들과 저녁나절을 함께 보내는 것은 내가 진정으로 그러고 싶기 때문이다. 어쩔 수 없이 그들과 헤어져야 하면 못내 아쉬워서 마지못해 헤어지기도 한다. 그리고 헤어져 돌아서서는 우정을 망치는 온갖 생각들 때문에 괴로워하지도 않는다. 그들은 나에 대해 어떻게 생각할까? 뭔가 내가 잘못한 것은 아닐까? 내가 그들 마음에 들었을까? 다른 사람 생각하느라 날 잊은 것은 아닐까? 독서란 순수하고 편안한 우정인 까닭에 이러한 일상적 우정의 온갖 고뇌는 독서의 문을 들어서는 순간 사라져 버린다. 예의범절 같은 것도 필요 없다. 우리는 몰리에르가 한 말 중에서 진정으로 우습다고 생각되는 말에만 웃는다. 지루한 감이 들면 그것을 감추려 애쓰지 않아도 되고, 함께 있는 것이 정말 지겨워지면 그가 천재건 유명하건 상관없이 바로 제자리에 갖다 꽂아 버린다. 이 순수한 우정의 기조는 침묵이다. 그것은 말보다 순수하다. 말이 타인을 위한 것이라면 침묵은 우리 자신을 위한 것이다. 또한 말과는 달리 침묵 속에는 우리의 결점이나 가식이 들어 있지 않다. 그것은 순수하다. 그것은 진정한 의미에서의 중립적 환경이다. 이 환경에서는 저자의 생각과 우리 생각 사이에 이기심이라는 방해꾼이 끼어들어 생각을 방해할 여지가 없다. 책의 언어 또한 순수하다.(책이라는 이름에 걸맞은 좋은 책일 경우에 말이다). 저자가 자신의 생각이 아닌 것을 모두 제거한 까닭에 책의 언어는 저자의 생각을 충실히 반영하는 투명한 언어가 되었다. 모든 문장들이 기본적으로 다른 문장들과 닮아 있다. 왜냐하면 모두가 한 사람의 동일한 개성을 드러내기 때문이다. 따라서 그러한 책에는 일관성이 있다. 사실 이러한 일관성은 우리 삶에서는 불가능하다. 왜냐하면 우리 삶에는 상호작용들이 있고, 또 그러한 상호작용들 때문에 우리 사고에도 여러 이질적 요소들이 끼어들기 때문이다. 그러나 책에는 이러한 일관성이 가능하며 이를 통해 우리는 저자 생각의 중심선을 곧게 따라갈 수 있으며, 저자의 여러 특성들을 고요한 거울에 비춰진 것처럼 분명히 알아볼 수 있는 것이다. 우리가 각 작가의 이런저런 특성을 좋아하는 데 있어 그 작가들이 굳이 훌륭할 필요는 없다. 왜냐하면 그들의 깊이 있는 묘사를 알아보고 그 것을 이기심 없이, 입에 발린 미사여구 없이, 마치 자기 자신 처럼 사랑하는 것도 매우 큰 즐거움이기 때문이다. 예를 들어 고티에는 그저 취향이 남달리 뛰어난 착하고 유쾌한 사람이 었는데(재미있는 것은 그가 예전에 한동안 예술적 완성형의 표상으로 간주되었다는 사실이다.) 우리는 그를 그 자체로 좋아한다. 우리 는 그의 지적 능력을 오판하지 않는다. 사실 그의 『에스파냐 여행(Voyage en Espagne)』에는 문장 하나하나마다 자신도 모 르는 사이에 우아하고 명랑한 그의 인간적 특성이 그대로 드 러나 있다.(단어들을 선택하고 배열한 것은 바로 작가 자신이며, 따라 서 그러한 선택과 배열 하나하나가 그의 특성들을 드러낸다.) 그런데 그는 이 책에서 무엇이든 끝까지 완전히 묘사하지 않으면 안 되는 중차대한 임무라도 띤 것처럼 비유를 섞어 가며 길게 묘 사하는데, 이러한 태도는 진정한 예술과는 거리가 멀 뿐 아니 라, 수많은 비유 또한 유쾌하고 강한 인상에서 비롯되지 않아 전혀 매력적이지 않다. 그가 여러 가지 다양한 작물이 자라는 시골 들판을 "바지와 조끼의 표본이 붙어 있는 재단사의 견본 지"에 비유하거나, 파리에서 앙굴렘까지 볼 것이라곤 아무것 도 없다고 말할 때 우리는 그의 무미건조한 상상력에 안타까 움을 금치 못한다. 또한 열혈 고딕 예찬론자인 그가 샤르트르 를 지나가면서 대성당을 방문하지 않았다는 사실에 실소를 금치 못한다.[95]

---

95 "나는 샤르트르를 지나가면서 대성당을 볼 수 없었던 것이 아쉽다."(『에스파냐 여행』 2쪽). — 원주

하지만 그 얼마나 유쾌한지, 또 얼마나 멋진 취향인지! 우리는 활기 충만한 이 친구의 신나는 모험에 기꺼이 동반한다. 우리는 고티에에게 커다란 호감을 느끼고, 그 때문에 그의 주위에 있는 모든 것에 호감을 느낀다. 그래서 우리는 그가 폭풍우에 발이 묶여 며칠을 보내게 되는 "황금처럼 반짝이는" 멋진 배의 선장인 르바르비에 드 티낭 함장에 대해서도 호감을 느끼며, 그 때문에 이 사람 좋은 뱃사람이 더 이상의 언급 없이, 그리고 향후 어떻게 되었는지에 대한 후일담 하나 없이 갑자기 우리 눈앞에서 사라졌을 때 매우 애석함을 느낀다.[96] 고티에의 유쾌한 허풍과 값싼 감상에서 우리는 신문 기자의 다소 경박한 습관을 감지한다. 그러나 우리는 이를 무시하고 그가 원하는 대로 한다. 우리는 배고픔과 졸음을 못 견디면서 생쥐처럼 쫄딱 젖어 돌아오는 그의 모습에 웃는다. 또 그가 동세대 인물 중에서 먼저 간 사람들의 이름을 신파조로 슬프게 열거할 때면 우리 역시 슬픔에 잠긴다. 앞에서 그의 문장들이 그 자신의 특성들을 그려 낸다 말한 바 있는데 이는 자신이 전혀 의식하지 않을 때 일어난다. 왜냐하면 우리가 우리 생각과의

---

96 사람들이 전하는 말에 의하면 그는 나중에 그 유명한 티낭 제독이 된다. 그는 예술가들이 사랑하던 포세 드 티낭 부인의 아버지이자 뛰어난 기병 대위의 할아버지다. 내 생각에는 그는 얼마 동안 가에타 앞바다에서 프란시스 2세와 나폴리 여왕의 보급과 통신을 한동안 책임지기도 했던 듯하다. 피에르 드 라 고르스의 『제2제정의 역사』 참조. — 원주

문제의 인물은 아델베르트 드 터닝으로 후에 부제독이 되었으며 1860년 말에서 1861년 사이 양시칠리아 왕국과 가리발디가 이끄는 통합 이탈리아군 사이의 휴전 협정을 중재했다. 시칠리아 왕국과 나폴리 왕국이 통합되어 만들어진 양시칠리아 왕국의 국왕인 프란시스 2세는 통합 이탈리아군에 맞서 이탈리아 중부의 항구 도시 가에타에서 농성했는데 이때 가에타 항구에서 선단을 이끌고 가에타를 보호했던 프랑스군 제독이 바로 르바르비에 드 티낭이었다.

일치 여부에 따라서가 아니라 우리 자신을 묘사하고자 하는 욕망으로 단어를 선택할 경우, 그 단어는 우리 자신이 아니라 우리를 그리고자 하는 우리의 욕망을 표현하기 때문이다. 프로망탱과 뮈세는 뛰어난 재능을 가지고 있었지만 후세에 자신들의 초상을 남기고자 하는 욕망 때문에 보잘것없는 초상을 남겼다. 그렇지만 그들의 실패는 매우 흥미롭다. 그 자체로 많은 것을 시사하며, 어떤 책이 강한 개성을 보여 주는 거울이 아닌 경우에도 정신의 재미난 결점들을 보여 주는 거울이 될 수 있는 것이다. 그러므로 우리는 프로망탱의 책을 읽으면서 그의 품위 속에 숨은 부족과 어리석음을 보고, 뮈세의 책을 읽으면서는 번지르르한 말의 공허를 느낀다.

책에 대한 애호는 지성이 커짐에 따라 더 커지지만 우리가 앞에서 보았듯이 그 위험은 지성이 커짐에 따라 줄어든다. 독창적인 정신은 독서를 개인적 활동의 지배 아래 둘 줄 안다. 그에게 있어 독서는 가장 고상한 오락의 하나일 뿐이지만 독서와 지식이 정신에 일종의 격식을 제공할 수 있다는 점에서 품위 향상에 가장 도움이 되는 오락이기도 하다. 우리의 감성과 지성은 우리 정신의 심저에서 우리 스스로 발전시켜야만 한다. 그러나 우리 정신의 매너에 대한 교육은 독서, 즉 다른 정신들과의 접촉으로 이루어진다. 어찌되었건 문인들은 여전히 지성의 귀족으로 간주되며, 어떤 책, 문학의 특정 지식을 모른다는 것은, 심지어는 천재에게 있어서조차 앞으로도 계속해서 지적 평민의 표식이 될 것이다. 다른 영역에서와 마찬가지로 지성의 영역에 있어서도 고귀한 귀족 신분에 편입되기 위해서는 프리메이슨 비밀 결사처럼 그 집단에 고유한 관습들

을 알고, 그 분야에서 내려오는 전통을 알아야만 한다.[97]

위대한 작가들의 독서 취향은 고대, 혹은 고전 작품 중심이다. 동시대인들이 매우 낭만주의적이라고 평가하는 작가들조차도 고전 외에는 거의 읽지 않는다. 빅토르 위고가 자기 독서에 대해 얘기할 때, 가장 빈번하게 등장하는 이름은 몰리에르, 호라티우스, 르냐르[98]다. 알퐁스 도데는 애서 취미와는 매우 거리가 먼 작가이고, 작품 성향 또한 매우 현대적이어서 고전주의를 철저히 거부하는 것 같지만 그럼에도 끊임없이 파스칼, 몽테뉴, 디드로, 타키투스 등을 읽고 인용하였다.[99] 이

---

97 진정한 고귀함은 같은 관습을 아는 고귀한 사람들에게만 열려 있으며 결코 '설명'되는 법이 없다. 아나톨 프랑스의 책에 깔려 있는 방대한 지식과 대중이 알아채지 못하는 수많은 암시들은 이 책에 특별한 고상함을 부여하는 데 있어 다른 모든 아름다움의 총합보다 큰 역할을 한다. — 원주

98 Jean-François Regnard(1655~1709). 프랑스의 극작가. 현대에는 거의 잊혔지만 19세기까지만 해도 몰리에르에 버금가는 훌륭한 극작가로 간주되었다.

99 아마도 이 때문에 위대한 작가의 문학 비평에는 주로 옛날 책들만 언급되고, 동시대 작품은 거의 다루어지지 않는 모양이다. 생트뵈브의 『월요 한담』과 아나톨 프랑스의 『문학 인생(La Vie littéraire)』이 좋은 사례다. 그러나 아나톨 프랑스는 동시대인들을 매우 정확하게 평가한 데 반해 생트뵈브는 당대의 위대한 작가들을 몰라보았다. 게다가 개인적인 악감정에 눈이 멀었다는 것도 부정할 수 없다. 그는 소설가로서의 스탕달을 지독하게 폄하한 다음에 이를 보상이라도 하듯, 그의 겸손한 인간성, 섬세한 예절 등을 칭찬하였다. 마치 그 외에는 아무것도 칭찬할 것이 없다는 듯. 이처럼 생트뵈브는 동시대인에게 눈먼 장님과도 같았지만 스스로는 『샤토브리앙와 그의 문학 그룹』의 다음 구절에서 알 수 있듯 자신의 통찰력, 예지력을 높게 평가했다. "라신과 보쉬에 등에 대한 판단은 누구나 잘할 수 있다…… 그러나 판관의 명민함과 비평가의 통찰력은 대중이 아직 시험하지 않은 새로운 글에서 가장 잘 증명된다. 한번 보고 척 아는 것, 미리 짐작하고 앞서 나가는 것이 바로 비평가의 재능이다. 이 재능을 가진 사람은 얼마나 적은지!" — 원주

런 관찰은 부분적이고 불완전한 것에 불과하다. 그럼에도 우리는 이에 기대어, 그리고 고전주의자와 낭만주의자에 대한 오래된 구분을 원용하여, 이렇게 말할 수 있을지도 모르겠다. 대중은(물론 지적인 대중을 말한다.) 낭만주의자이고, 대가들은 (낭만주의적 대중이 좋아하는 낭만주 문학의 대가들조차도) 모두 고전주의자들이라고 말이다.(이는 모든 예술 분야에 적용된다. 대중은 뱅상 당디의 음악을 듣고 당디는 몽시니의 음악을 공부한다.[100] 대중은 뷔야르와 모리스 드니의 전시회에 가고, 이 화가들은 루브르 박물관에 간다.)[101] 독창적인 작가와 화가 들은 현대적 사상에 대

---

100 반대로 고전주의 작가들에 대한 최고의 비평가는 낭만주의 작가다. 사실 낭만주의자들만이 고전 작품을 제대로 읽을 줄 안다. 왜냐하면 그들은 그 작품들을 원래 쓰인 방식, 즉 낭만적인 방식으로 읽기 때문이며 시나 산문을 제대로 읽기 위해서는 박학다식한 사람이 아니라 시인이나 산문가여야 하기 때문이다. 이것은 전혀 '낭만적'이 아닌 작품에도 해당된다. 부알로의 아름다운 시구에 주목하게 만든 사람은 수사학 교수가 아니라 빅토르 위고다.
"그리고 그녀의 아름다움으로 더럽혀진 네 장의 손수건에
그녀의 장미와 백합을 싸서 세탁소에 보내기를."
그리고 아나톨 프랑스는 다음 시구에 주목했다.
"이제 막 태어나기 시작한 그의 희곡에 대해 무지와 오류가
후작의 예복을 입고, 백작 부인의 드레스를 입고."
이 글을 교열하는 동안 《라틴 르네상스》의 최근 호(1905. 5. 15.)가 나왔는데 이 잡지가 제시한 사례 덕에 우리는 이 지적을 미술 분야에 확대 적용할 수 있다. (모클레르의 기사에 따르면) 로댕이야말로 그리스 조각의 진정한 비평가다. — 원주
위의 원주에 인용된 시는 각각 부알로의 『풍자시(Satires)』와 『서한시(Epîtres)』의 일부다. 두 번째 시에 나오는 '그'는 몰리에르다.

101 Vincent d'Indy(1851~1931). 프랑스의 작곡가. 세자르 프랑크의 수제자 중 한 사람. 독일 음악에서 출발하여 점차 민족적 색채를 띠었다. Pierre–Alexandre Monsigny(1729~1817). 프랑스의 작곡가. 희가극의 창시자 중 하나. Jean–Édouard Vuillard(1868~1940). 프랑스의 화가 피에르 보나르와 함께 나비파

중이 접근 가능하게 함으로써 대중이 이를 원하도록 하는 데일조한다. 그러므로 이들 작가나 화가 들에게 있어 현대적 사상은 그들 자신들과 떼려야 뗄 수 없는 한 부분을 이룬다. 따라서 그들은 고전에 담긴 다른 사상들을 접하면서 기분 전환을 하는 것이다. 또한 이런 다른 사상에 접근하기 위해서는 큰 노력이 필요하고, 노력 후에는 더 큰 즐거움을 얻는데, 그것은 누구나 책을 읽을 때면 잠시나마 자신에서 벗어나고 여행을 떠나고 싶어 하기 때문이다.

그러나 위대한 정신들이 옛 작품을 선호하는 데에는 또다른 이유가 있는데 나는 개인적으로 이 마지막 이유를 더 좋아한다.[102] 그 이유란 옛 작품들의 아름다움은 현대 작품들과는 달리 그 작품을 창조한 사람의 개인적 성취가 아니라는 점이다. 그 아름다움의 또 한 원천은 그 작품들의 재질, 즉 그 언어다. 옛 언어는 삶의 거울과도 같이 옛 시절의 아름다움을 전해 준다. 15세기에 지어진 시립 병원을 그대로 간직하고 있는 본 같은 도시를 거닐며 느끼는 행복감. 그 건물에는 우물, 세탁장, 색칠한 서까래가 드러난 반원형 지붕, 납을 두드려 만든 뾰족한 장식을 인 천창이 달린 뾰족한 합각머리 지붕 등이 그

의 대표적 화가로 간주된다. Maurice Denis(1870~1943). 프랑스의 화가이자 나비파 이론가.

102 위대한 정신들은 자신들이 옛 작품을 좋아하는 것이 우연이라고 생각한다. 가장 아름다운 작품이 옛 작가들에 의해 쓰였다는 사실이 단순한 우연이라고 생각하는 것이다. 물론 그럴 수도 있다. 오늘날 우리가 읽는 옛 작품들은 과거 시대를 통틀어서 선택된 것이며 그 기간은 현대라는 짧은 기간에 비할 데 없이 길다. 그러나 이런 우연만으로 그처럼 일반적인 경향을 설명하기는 어렵다. — 원주

대로 보존되어 있다.(마치 한 시대가 지나가면서 잊고 남겨놓고 간 것 같은 이 모든 것들은 이 시대에만 독특한 유물이다. 왜냐하면 이후 어느 시대도 그와 같은 것들을 산출하지 않았기 때문이다.) 우리는 라신의 비극이나 생시몽의 책을 뒤적이면서 이와 비슷한 행복감을 느낀다. 왜냐하면 이 작품들은 이제는 없어진 언어의 아름다운 형태들을 고스란히 전해 주기 때문이다. 그것들은 더 이상 존재하지 않는 관습과 감정에 대한 추억이며, 현재의 어느 것과도 닮지 않은 것으로, 시간의 두께에 따라 아름다운 색채가 덧입히는 과거의 흔적이다.

라신의 비극, 생시몽의 비망록은 오늘날 더 이상 생산되지 않는 아름다운 옛 물건과 닮았다. 위대한 예술가가 부드러울 곳은 부드럽게, 날카로울 곳은 날카롭게 자유자재로 조각한 언어는 옛 장인이 사용하였으나 오늘날에는 더 이상 사용되지 않는 대리석처럼 감동을 자아낸다. 오래된 건물의 돌들은 그것을 조각한 장인의 생각을 충실히 보존한다. 그러나 역으로 현대인들이 무슨 종류인지 알지 못하는 그 돌은 그것이 가진 모든 색깔을 다 찾아서 드러내고, 또 조화롭게 배치할 수 있었던 조각가 덕택에 오늘날까지 아름다운 색채 그대로 보존될 수 있었던 셈이다. 우리가 라신의 시구에서 즐겨 찾는 것은 17세기 프랑스에서 사용되던 여러 구문, 그리고 그 안에 담겨 있는 지금은 사라진 관습과 사고방식이다. 라신의 표현에는 지독히 평범한 일상체, 때로는 이상한 데다가 대담하게 느껴질 정도로 문법을 무시한 회화체가 쓰인다.[103] 그러나 그

---

103   이러한 예로는 『앙드로마크』에 나오는 시구를 들 수 있는데 이 구절의 아름다

움은 일반적인 통사 규칙을 일부러 무시한 데 기인한다.

"왜 그를 살해해? 그가 뭘 했기에? 무슨 자격으로? 누가 그랬어?"

여기서 "무슨 자격으로?"는 이 문장 바로 앞에 나오는 "그가 뭘 했기에?"가 아니라 "왜 그를 살해해?"에 걸린다. 그리고 "누가 그랬어?" 역시 '살해'에 걸린다.(『앙드로마크』의 다른 구절인 "누가 그러던가요? 왕자님, 그가 나를 멸시한다고요?"를 상기하며 "누가 그랬어?"를 "그를 살해하라고 누가 그랬어?"로 해석할 수 있다.) 이렇게 왔다 갔다 하는 표현들은 의미를 다소 불분명하게 만들 수 있기 때문에 어느 유명한 여배우는 운율의 정확성보다 의미의 명확성을 선택하여 아예 "왜 그를 살해해? 무슨 자격으로? 그가 뭘 했기에?"로 바꾸어 말했다. 라신의 가장 유명한 구절들이 매력적인 이유는 일상 언어를 대담하게 툭툭 제시함으로써 마치 위험한 물을 가로지르는 대담한 다리처럼 조용하고 안전한 양쪽 연안을 이어 주기 때문이다. "난 절개 없는 너를 사랑했어, 만일 네가 충실했다면 내가 어떻게 했을까.(Je t'aimais inconstant, qu'aurais-je fait fidèle.)" (앞의 문장에서 마지막의 fidèle은 구문상으로는 뒷문장의 주어인 je, 즉 '나'에 걸려야 하나 의미상으로는 앞 문장의 목적어인 te, 즉 '너'에 걸린다. — 옮긴이 주) 거의 평범할 정도로 단순한 말들이 의미에 (만테가가 그린 그림 속 얼굴처럼) 부드러운 평온과 아름다운 색채를 부여하는 아름다운 표현들을 만나는 것은 얼마나 큰 행복인가?

"미친 사랑에 승선한 나의 젊음은"(장 라신, 『페드르』 1막 1장)

"서로 어울릴 수 없었던 세 마음을 한데 모으자."(장 라신, 『앙드로마크』 5막 5장)

바로 이런 이유로 고전은 발췌본이 아니라 전체를 읽혀야 한다. 한 작가의 가장 유명한 부분들에는 이러한 언어의 내부 구조가 그 부분의 아름다움, 즉 거의 보편적인 아름다움에 가려 보이지 않는 경우가 많다. 예를 들어 글루크의 경우는 그의 뛰어난 노래만큼이나 레치타티보(오페라에서 대사를 말하듯이 노래하는 형식. — 옮긴이 주)의 특정 박자들이 그 음악의 독특한 본질을 잘 드러내 준다. 그런 부분에서 그 조화는 그의 천재성의 목소리 자체와도 같다. 잠시 숨을 고를 때마다 그의 순수한 진지함과 개성은 의도하지 않은 음정을 낸다. 베네치아의 산마르코 성당 사진(외부 사진만 말이다.)을 본 사람은 둥근 돔이 있는 성당에 대해 안다고 자부할 것이다. 그러나 산마르코 성당의 진실하고 복합적인 개성을 제대로 느끼려면 알록달록한 커튼과도 같은 기둥들의 경쾌한 모습이 손으로 만져질 만큼 가까이 다가가야 한다. 가까이 가서 기둥머리에 새들을 올려놓고, 나뭇잎을 빙 둘러 감아 놓은 그 기이한 힘을 느낄 수 있어야만 표현을 구성하는 구문의 형태는 그 자체로 우리들을 감동시킨다. 너무도 단단하고 섬세한 정으로 조심스럽게 새긴 단순한 아름다움을 드러내는 표현이기 때문이다. 그리하여 달콤하고 부드러운 시구들 뒤로, 몇 마디의 끊어진 말 속에서 그 평범한 일상적 언어의 편린들이 획 지나가며 언뜻언뜻 보인다. 우리는 옛 모습 그대로 고스란히 보존된 옛 도시를 방문하듯이, 과거의 삶 속에서 그대로 가져온 듯한 옛 형태들을 라신의 작품 속에서 찾는다. 그러고는 더 이상 지어지지 않는 과거 건축물이 주는 감동과 유사한 감정을 느낀다. 과거가 우리에게 남긴 드물고 뛰어난 유적들, 예를 들어 도시의 오래된 성벽, 탑과 망루, 성당의 세례당, 또한 회랑 근처나 납골당 아래에서 햇볕을 쬐며 조는 작은 묘지의 정적 속에서 나비떼와 만발한 꽃 속에 잊힌 듯 무심한 장례용 분수와 사자(死者)의 등불 같은 것을 대할 때 우리가 느끼는 감정이다.

그러나 옛 영혼들의 형태를 드러내는 것은 문장만이 아니다. 내가 생각하는 책은 독서의 일반적 형태가 낭송이던 때에 저술된 매우 오래된 책들인데 이 경우 문장들 사이사이에는 아무도 침범한 적이 없는 지하 납골당 속 정적과 같은 수백 년 묵은 침묵이 들어찬 공간이 있다. 「누가 복음」에는 성가와도 같은 구절들이 도처에 존재하는데 그 절들 직전에 쌍점(:)이 나오면[104] 나는 그 속에서 신자들의 침묵을 듣는다. 그들이 낭

한다. 직접 그 자리에 가서 수평으로 길쭉한 나지막한 건물 전체를 조망하고, 꽃 장식 기둥들로 축제 분위기를 띤 만국 박람회 건물 같은 모습을 보아야 한다. 또한 어떤 사진가도 포착하지 않은 부수적이면서도 의미심장한 세부를 보아야만 한다. 그래야만 우리는 이 성당을 진실로 안다고 말할 수 있다.

104 "마리아가 가로되 내 영혼이 주를 찬양하며 내 마음이 하나님 내 구주를 기뻐

송을 잠시 멈추었다. 성경의 오래된 시편을 상기시키는 다음 구절들, 시편 같은 그 구절들을 읽기 전에 숨을 고르기 위해서 였다.[105] 그 찰나의 침묵을 문장 속에 포함하기 위해 문장은 둘로 나뉘었고, 그 침묵을 쌍점의 형태로 간직하고 있으며, 지금도 그 나뉜 부분은 침묵으로 채워진다. 그리하여 내가 그것을 읽는 동안 그 침묵은 내게 오래된 장미꽃 향기를 실어다 준다. 그 옛날 미풍에 실려 창문으로 들어와 예배가 열리던 2층 방을 가득 채우고는, 1700년 동안 증발되지 않은 채 여전히 그 방을 감도는 한 송이 장미꽃 향기 말이다.

『신곡』과 셰익스피어의 작품을 읽으며 나는 눈앞에서 현재 속에 과거가 살포시 끼어드는 느낌을 수없이 받지 않았던 가! 베네치아의 산마르코 광장에서 회색과 분홍색이 섞인 두 거대한 화강암 기둥 앞에서 느끼는 꿈같은 그 느낌 말이다. 그리스식 기둥머리 위에 악어를 밟고 서 있는 성 테오도르상, 산마르코의 사자상을 인 기둥들, 바다 건너 동방에서 건너온 아름다운 여인 같은 이 거대한 기둥들은 먼바다를 바라본다. 바다를 건너온 파도는 발밑에 부서지고 주위에서는 여러 가지

하였음을……" "그 부친 사가랴가 성령의 충만함을 입어 예언하여 가로되 찬송하리로다. 주, 이스라엘의 하나님이여 그 백성을 돌보아 속량하시며……" "그가 아기를 안고 하나님을 찬송하여 가로되 주여 이제는 종을 평안히 놓아주시는도다……" — 원주
「누가복음」 1:46~47, 1:67~68, 2:28~29. 이 세 경우 모두 원문에는 '가로되' 다음에 쌍점이 있다.

105 솔직히 「누가복음」에는 이런 시편들을 낭송자가 노래했다는 것을 증명할 아무 증거도 없다. 그러나 르낭의 『기독교의 기원』의 여러 부분, 특히 「사도 바오로」(257쪽 이하), 「12사도」(99~100쪽), 「마르쿠스 아우렐리우스」(502~503쪽 등)을 대조해 보면 그럴듯하게 생각된다. — 원주

말이 바삐 오가지만 그녀들 고향의 언어가 아니므로 알아들을 수 없다. 그래서 그녀들은 무심한 미소를 빛내며 이 광장에 서서 우리의 현재 한가운데에 그녀들의 12세기 나날을 끼워넣는다. 그렇다. 광장 한가운데, 현재의 한가운데 12세기의 한 조각이, 그토록 오래전에 사라져 버린 12세기의 한 모퉁이가 현재의 지배를 중지하고 분홍색 화강암 기둥 둘을 따라 올라가며 피어난다. 기둥 주위에는 현대의 나날, 우리가 사는 오늘들이 붕붕거리며 몰려들어 빙빙 돈다. 그러나 기둥에 닿으면 그것들은 갑자기 움직임을 멈추고 벌떼처럼 도망친다. 왜냐하면 이 길고 가는 석조 타임캡슐은 현재에 속하지 않기 때문이다. 현재가 범접할 수 없는 다른 시간대에 속하기 때문이다. 커다란 기둥머리 쪽으로 용솟음치는 분홍빛 기둥 주위로 현재의 나날이 몰려들고 붕붕대지만 기둥들은 그 한복판에 버티고 서서 그 가녀린 몸에 의지하여 현재를 물리치면서, 절대로 범접할 수 없는 과거의 자리를 꿋꿋이 지킨다. 현재의 한복판에 친근하게 솟아난 과거에는 다소 비현실적인 색깔이 입혀져 있다. 환각처럼 몇 걸음 안 떨어진 곳에 있어 보이지만 실제로는 수세기의 간극을 두고 떨어져 있는 사물들 같다. 과거는 이렇게 우리 영혼에 전면적으로 말을 걸면서 묻혀 버린 시간에서 돌아온 유령이 그러듯 우리를 놀랜다. 묻힌 시간, 지나간 과거. 그러나 그곳에, 우리들 사이에 있다. 우리에게 접근하고, 우리를 스쳐 가고, 또한 우리가 만질 수 있는 과거가 햇빛 아래 꼼짝 않고 서 있다.

옮긴이
유정화

이화여자대학교 영문학과를 졸업하고 같은 대학교 대학원에서 석사, 박사 학위를 받았다. 현재 목원대학교 교수로 재직한다. 옮긴 책으로는 『무기여 잘 있거라』, 『위대한 개츠비』, 『젠더란 무엇인가』(공역) 등이 있다. 주요 관심사는 현대 영미시다.

이봉지

서울대 불어교육학과를 졸업하고 같은 대학원에서 석사 학위를, 미국 노스웨스턴 대학에서 불문학 박사 학위를 받았다. 현재 배재대학교 연극영화학과 교수로 재직 중이다. 지은 책으로는 『서사학과 페미니즘』이 있고 옮긴 책으로는 『수녀』, 『두 친구』, 『캉디드 혹은 낙관주의』, 『보바리 부인』 등이 있다.

참깨와 백합
그리고 독서에
관하여

1판 1쇄 펴냄 2018년 12월 21일
1판 3쇄 펴냄 2023년 11월 8일

지은이 존 러스킨, 마르셀 프루스트
옮긴이 유정화, 이봉지
발행인 박근섭, 박상준
펴낸곳 (주)민음사

출판등록 1966. 5. 19. 제16-490호
서울시 강남구 도산대로 1길 62(신사동)
강남출판문화센터 5층 06027
대표전화 02-515-2000 팩시밀리 02-515-2007
www.minumsa.com

ⓒ 유정화, 2018. Printed in Seoul, Korea

ISBN 978 89 374 2949 1 04800
ISBN 978 89 374 2900 2 (세트)